Stefan Millius
66 Motive für Mord

W0084632

Stefan Millius

66 Motive für Mord

Ein Rechtfertigungs-Ratgeber für böse Gedanken

edition punktuell.

Umschlaggestaltung: Marisa Gut
Satz und Druck: Appenzeller Medienhaus AG, Herisau
ISBN: 978-3-905724-30-1
www.editionpunktuell.ch

Vorwort

Familienzwist. Erbstreit. Eifersucht. Geldgier. Neid. Rachegefühle. Langeweile. Die Gründe dafür, wieso man einen anderen Menschen am liebsten aus dem Weg schaffen würde – oder es sogar wirklich tut –, sind vielfältig. Und wird in den Medien über solche Fälle berichtet, ist die öffentliche Meinung schnell gemacht: Aber bitte, das ist doch kein Grund, jemanden gleich umzubringen! Wirklich? Wer ehrlich ist, muss zum Schluss kommen: Das Gegenteil ist der Fall. Es gibt sogar unzählige weitere gute Gründe, jemanden ins Jenseits zu befördern. Denn was wir Tag für Tag über uns ergehen lassen müssen, ist kaum auszuhalten. Und dabei ist nicht die Rede von wirklich schwerwiegenden Ereignissen wie Mobbing oder Stalking. Es sind die kleinen Alltagsereignisse, die uns ohnehin schon schwergeprüften, gestressten Angehörigen der modernen Zivilisation den Rest geben können. Es sind, kurz gesagt, unsere Mitmenschen. Die sind mit wenigen Ausnahmen im Grunde unerträglich, wenn man näher darüber nachdenkt.

In diesem Buch sind 66 Fälle dokumentiert, bei denen sich mit gutem Gewissen sagen lässt: So einer gehört eigentlich umgebracht. Selbstverständlich ist das im übertragenen Sinn zu verstehen. Denn Mord ist in den meisten Kulturen keine gesellschaftlich akzeptierte Massnahme, und in einigen Ländern soll es angeblich sogar strafbar sein, jemanden um die Ecke zu bringen, wenn man Gerüchten glauben will. Doch selbst dort wird der Richter zwar die Strafe verhängen, die das Gesetz vorsieht, gleichzeitig aber im tiefsten Innern auf der Seite des Mörders sein.

In diesem Sinn ist dieses Buch nicht als Aufruf zur Handlung zu verstehen, sondern als eine Art Seelenreinigung. Wenn Sie frühmorgens nach dem Weg zur Arbeit in Gedanken bereits ein halbes Dutzend Leben ausgelöscht haben, halten Sie sich möglicherweise für einen schlechten Menschen – oder gar für einen Fall für den Psychiater. Hiermit sei Ihnen versichert: Sie sind in bester Gesellschaft, und die bösen Gedanken sind nichts anderes als notwendige Psychohygiene. Mit modernem Schnickschnack wie positivem Denken stösst man schnell an seine Grenzen.

Sehr viel ratsamer ist es, sich dem Tier in sich zu stellen und zuzugeben: Die meisten Leute, die uns an einem durchschnittlichen Tag über den Weg laufen, würden uns nicht fehlen, wenn sie vom Erdboden verschwinden. Und nur zu gerne würden wir dabei ein bisschen nachhelfen.

Vielleicht erkennen Sie sich selbst – beziehungsweise den Mörder in sich – beim Studium der hier gesammelten Mordmotivbeispiele. Sollten Sie selbst weitere Fälle nachliefern wollen, können Sie das auf der Webseite zu diesem Buch tun:

www.mordmotiv.ch

Und nun gutes Gelingen!*

Stefan Millius

* Damit ist natürlich lediglich die Lektüre dieses Buches gemeint und nicht die Umsetzung der vorgeschlagenen Massnahmen.

Inhalt

Mordmotiv 1:
Kindernamen-Verewiger

Es gibt keinen einzigen haltbaren Grund, auf dem Heck des Autos die Namen der Kinder, die man gezeugt hat, festzuhalten. Es macht keinen Sinn, es ist unnötig, und es nervt. Dennoch brausen da draussen Millionen von Leuten herum, die uns mitteilen, dass Kevin an Bord ist, Melissa auch noch mitfährt, Jonas gerade die Rückbank vollkotzt und Jennifer-Ann schreiend nach ihrem Stofftier verlangt, das sie kurz zuvor dem Vater am Steuer an den Kopf geworfen hat.

Warum? Wozu? Weshalb? Will irgendeiner wissen, wie die Kinder eines wildfremden Autolenkers heissen, der einfach für einen kurzen Moment ein paar Meter Strasse mit einem teilt? Besitzerstolz kann es kaum sein. Kinder zu zeugen ist so einfach, dass es jeder Trottel schafft – die Supernanny kann ein Lied davon singen. Oder will uns die Familie in ihrem Siebensitzer einfach mitteilen, wie kreativ sie bei der Namenswahl war? Dann müsste sie konsequenterweise auch den Familiennamen auf dem Heck preisgeben. Denn Jeremy, Joshua und Shoshanna klingen mit einem Mal ganz anders, wenn sie von Breitenmoser, Rüdisüli, Hundsberger oder Müller-Kraushaar gefolgt werden. Nach wie vor warte ich jedenfalls vergeblich darauf, dass mich einer der Hecknamen genügend überzeugt, um eigens dafür ein zusätzliches Kind zu produzieren.

Spricht man einen der Heck-Benamser auf diese Unart an, erhält man als Antwort oft, es handle sich um eine Sicherheitsmassnahme. Der besorgte Familienvater will seiner Umwelt ganz einfach mitteilen, dass sich Kinder im Wagen befinden – man möge also entsprechend vorsichtig fahren. Ich bitte um Erklärung: Sind diese Leute der Ansicht, ich pflege anderen Autos mit Vollgas ins Heck zu fahren, solange keine Kinder an Bord sind? In aller Regel bemühe ich mich durchaus, den Strassenverkehr zu bewältigen, ohne meine Versicherung zu beanspruchen. In Wahrheit ist das Gegenteil der Fall: Nichts animiert mich mehr, dem Vordermann in den Hintern zu brettern, als diese Namenskleber.

In gewissen Fällen mögen die Aufkleber ja durchaus nützlich sein. Wird das Kind am Lichtsignal gekidnappt, wissen die Gangster gleich, was im Erpresserbrief stehen muss. Steht am Heck «Annefleur» oder «Elfen», wird ein Kidnapping allerdings ausbleiben: Niemand will Lösegeldverhandlungen mit Eltern austragen, die ihren Kindern solche Namen geben, das verspricht mehr Ärger als Profit.

Übrigens kann jeder von uns etwas gegen diese schleichende Seuche unternehmen – indem wir die mitteilungsbedürftigen Eltern mit ihren eigenen Waffen schlagen. Einfach Aufkleber produzieren lassen mit putzigen Kindergesichtlein und frei erfundenen Namen von nicht existierenden Kindern, am besten in auffälligen Kombinationen. Beispiele: «Tick, Trick & Track», «Adolf, Joseph & Hermann» (in altdeutscher Frakturschrift geschrieben) oder «Che, Fidel & Mao». Dazu am besten noch einen dieser beliebten unnötigen Apostrophe ins Ganze einbauen (siehe Fall 49), also beispielsweise «an B'ord» – das unterstreicht den Stand der Allgemeinbildung, die im Wageninnern herrscht.

Vorgeschlagene Mordmethode:
Den nackten Körper des Übeltäters flächendeckend mit so witzigen Klebern wie «Ich bremse auch für Orks» oder «I love Kampfschach» und ähnlichen bepflastern, bis die Haut nicht mehr atmen kann.

Mordmotiv 2:
Lustige Tischrunden

Kennen Sie den Ausdruck «nett essen gehen»? Er gehört ins Fabelreich. Wenn Sie vorhaben, nett essen zu gehen, werden Sie scheitern. Entweder ist das Essen mies, Ihr Tisch liegt direkt neben dem Durchgang zur Toilette oder in Hördistanz zur Küche, das Personal ist so unfähig wie unfreundlich – oder alles in Kombination. Im unwahrscheinlichen Fall, dass sie an einem tollen Tisch von freundlichem Personal mit hervorragendem Essen bedient werden, handelt es sich vermutlich um einen Tagtraum. Oder aber es ist Realität, doch dann lauert die grösste Gefahr von allen: Lustige Tischrunden, die in aller Regel genau dann eintreffen, wenn Sie gerade so richtig überzeugt sind, dass Sie an diesem Abend wirklich einfach mal nett essen werden. Ha!

Lustige Tischrunden sind in der Regel zwischen 8 und 20 Personen stark und meist besuchsweise im Ort. Vorzugsweise handelt es sich um irgendwelche Vereine, die ein Mal pro Jahr die Grenzen des eigenen Dorfes verlassen und entsprechend aufgekratzt sind. Das Sendungsbewusstsein dieser Tischrunden ist sehr gross. Sie möchten offenbar einen nachhaltigen Eindruck hinterlassen in diesem Restaurant. Vom ersten Moment bis zum Verlassen des Lokals ist nur noch die lustige Tischrunde zu hören. In aller Regel sind es die Männer, die das Programm bestreiten – mit schlechten Witzen oder noch schlechteren Anekdoten aus dem eigenen Leben. Dabei scheint es ein Grundgesetz zu sein, dass eine solche Tischrunde immer einen Anführer hat, den man unschwer erkennt. Er redet unablässig, weiss alles besser, kommentiert jedes Wort eines anderen Tischrundenmitglieds umgehend und erwartet dabei ungeteilte Aufmerksamkeit. Anführer von lustigen Tischrunden sind vermutlich nicht wirklich beliebt bei der Tischrunde selbst. Es traut sich aber keiner, etwas zu sagen. Wenn der Kegelclub oder der Gesangsverein wie einst irgendwelche Barbarenhorden in fremdes Gelände einfällt, muss er das Terrain markieren. Weil das – in den meisten Fällen – glücklicherweise nicht durch das Ablassen von Urin in die Zimmerecke funktioniert, nehmen Tischrunden den Raum durch Lautstärke ein. Was genau tun diese Tischrunden-Anführer im zivilen Leben, dann, wenn sie gerade nicht mit ihrem Verein auf Reisen sind? Schwer zu sagen. Auf ihren Besuchen in fremden Kulturkreisen offenbaren sie jedenfalls gehörige Defizite. Offensichtlich hört ihnen zuhause kein Mensch zu, niemand nimmt sie ernst. Da Tischrunden aber eine gewisse Grösse und eine gewisse Kaufkraft auf sich vereinen, müssen sie nicht damit rechnen, vom Besitzer aus dem Lokal geworfen zu werden. Und Sie selbst müssen eben einen neuen Versuch unternehmen, nett essen zu gehen.

Vorgeschlagene Mordmethode:
An einen Stuhl binden und zu Tode quasseln lassen von schlechten Bauchrednern, unlustigen Komikern und Thomas Gottschalk.

Mordmotiv 3:
Melonenklopfer

Es mag fallweise Sinn machen, eine Tomate oder eine Nektarine vor dem Erwerb kurz zu prüfen, um sicherzustellen, dass das Ding nicht bereits auf dem Heimweg vor sich hin fault. Dazu reicht die optische Kontrolle manchmal nicht. Man wird zwar am Regal kritisch bis missbilligend beäugt, wenn man ein Stück Gemüse oder eine Frucht betastet, aber seien wir ehrlich: Auf dem Weg von der Produktionsstätte bis ins heimische Ladengestell sind die Dinger durch eine Million Hände gegangen – da kommt es auf eine mehr oder weniger nicht mehr an, und man tut ohnehin gut daran, sie vor dem Verzehr zu waschen.

Was aber gar nicht geht, ist diese Melonenklopferei. Ich gehe jede Wette ein: Kein einziger dieser Wichtigtuer, die mit geschlossenen Augen und hochangespanntem Gesichtsausdruck mitten in der Fruchtabteilung im Weg herumstehen und auf einer Melone herum klopfen, hat auch nur die geringste Ahnung, wie eine wohlschmeckende, im Reifeprozess perfekt positionierte Melone klingen soll. Was erwarten die? Dass ein Fanfarenkonzert oder eine Panflötenmelodie ertönt? Diese Leute haben die Technik mal irgendwo im Fernsehen gesehen oder davon gelesen und wollen nun im örtlichen Supermarkt als Melonenklangexperten gross auftrumpfen. Alles, was man mit irgendwelchen Klopfereien auf einer Melone allenfalls eruieren kann, ist, ob es überhaupt was drin hat. Wäre es möglich, durch Klopfgeräusche mehr zu erfahren, wäre das ein Fall für entsprechende Wett-Sendungen im TV.

Wo soll das Ganze enden? Möglicherweise ist die wahre Qualität einer Melone ja nur dadurch festzustellen, dass man sie dem Boden entlang rollen lässt und die Rollbahn genau beobachtet. Oder man wirft sie hoch und beurteilt den Reifegrad anhand des Zischgeräusches, das entsteht, wenn sie wieder Richtung Boden saust. Oder wie es klingt, wenn sie auf dem Boden aufschlägt. Finden wir uns doch einfach damit ab: Eine Melone hat eine Schale, man kann nicht hineinsehen, und mit diesem letzten bisschen Ungewissheit müssen wir nun einmal umgehen können. Soll das Leben nicht noch das eine oder andere Rätsel für uns bereithalten?

Zudem sind solche absurden Supermarkteinlagen ansteckend. Es wurden bereits Leute beobachtet, die Brot abklopften, und in einzelnen Fällen soll es vorgekommen sein, dass Reispackungen durch intensives Schütteln geprüft wurden. Wozu das alles? Wir leben in einer Hemisphäre, in der die Lebensmittel eine überdurchschnittliche Qualität aufweisen. Ist das mal nicht der Fall, reicht ein Gang zum Kundenschalter, um Ersatz oder eine Gutschrift zu erhalten – die Kulanz ist sehr hoch. Jedenfalls viel höher, als die Toleranzschwelle gegenüber Melonenklopfern.

Persönlicher Tipp: Beim nächsten Anblick eines Melonenklopfers zu ihm hingehen, ihm eine Kopfnuss verpassen und mit konzentriertem Gesichtsausdruck dem entstehenden Hall nachlauschen.

Vorgeschlagene Mordmethode:
Melone kaufen (ohne Klopfprüfung!), öffnen, aushöhlen, satt sitzend über den Kopf des Melonenklopfers stülpen, abwarten.

Mordmotiv 4:
Verfrühte Bus-Aussteiger

Öffentliche Verkehrsmittel sind ein sicherer Wert bei der Suche nach Mordmotiven. Dieser Fall hier gehört aber zu den weniger bekannten.

Folgendes Szenario: Der Bus ist dicht besetzt, Sie steigen ein und bleiben während der Fahrt notgedrungen direkt vor der Bustür stehen. Einige Meter von ihnen entfernt steht ein anderer Fahrgast, der durch seinen gehetzten Blick Richtung Haltestellen-Display auffällt. Hat der Mann einen Herzinfarkt? Atemnot? Ist der auf der Flucht? Der Bus befindet sich in voller Fahrt. Die nächste Haltestelle ist noch einige Minuten entfernt. Doch bereits jetzt quält sich der andere Passagier mit stark gerötetem Gesicht durch die dicht gedrängte Meute in Richtung Tür – und damit auch in Ihre Richtung. Und während der Busfahrer noch keinerlei Anstalten macht, anzuhalten (weil es schlicht keine Haltestelle gibt hier), baut sich der Herr oder die Dame vor Ihnen auf und sagt: «Ich muss gleich aussteigen, können Sie bitte Platz machen?»

Aber natürlich! Gar kein Problem! Hat ja massig Platz! Auf welche Seite soll das Ausweichmanöver denn erfolgen? Vielleicht dem Hells Angel rechts, dem man vor zehn Minuten seine Harley geklaut hat und der entsprechend gut gelaunt ist, auf die Füsse stehen? Oder den Kinderwagen mit den Zwillingen auf der linken Seite mal schnell auf die Seite kippen, damit zwischen den Rädern eine Lücke entsteht, in die man sich stellen könnte? Mama schaut gerade nicht hin, das könnte klappen.

Wenn der Bus hält, liebe baldige Bus-Aussteiger, eröffnet sich die elegante Möglichkeit, Platz zu schaffen, indem man aussteigt, Leute raus lässt und wieder einsteigt. Jeder normal intelligente Fahrgast wird das für Euch tun, keine Sorge. Bevor der Bus hält, solltet Ihr im Übrigen ohnehin nicht aussteigen – dieses Vorgehen wird von führenden Fachärzten empfohlen. Also reicht es absolut, die Haltestelle abzuwarten, bevor man sich mit einem entsprechenden Ausweichwunsch an den wendet, der die Tür blockiert. Eine Tür, die sich nicht öffnet, weil der Bus fährt, kann man auch gar nicht blockieren. Solange sich der Bus in Fahrt befindet, ist das Stehplätzchen vor der Tür einfach genau das: Ein Platz zum Stehen.

Instinktiv leistet man aber erfahrungsgemäss in Stresssituationen wie einem vollbesetzten Bus auch absurden Wünschen Folge. Deshalb fallen uns alle diese guten Argumente im richtigen Moment natürlich nicht ein, und man versucht tatsächlich, fünf Minuten vor der nächsten Haltestelle Durchlass zu gewähren – indem man grobfahrlässigerweise die sichere Haltestange loslässt, sich zur Seite kippen lässt und besagtem Hells Angel in die Arme fällt. Das müsste alles nicht sein. Wenn es weniger übernervöse, verfrühte Busaussteiger gäbe.

Vorgeschlagene Mordmethode:
Die Notöffnung betätigen und den Frühaussteiger rausschubsen.
Immerhin wollte er ja unbedingt raus, nicht!

Mordmotiv 5:
Aussteigbehinderer

Wenn wir gerade dabei sind: Die Leute, die verfrüht aus einem Bus oder Zug aussteigen wollen, sind vermutlich dieselben, die sich draussen an einer Haltestelle oder am Gleis so hinstellen, dass diejenigen, die gerne aussteigen wollen, keine Chance haben. Dieses Verhalten macht absolut keinen Sinn. Wenn Leute reinwollen und sich dort dann möglichst einen Sitzplatz wünschen, sollten sie diejenigen, die diesen Platz freimachen, auch aussteigen lassen. Das erhöht die Chancen darauf, Platz zu finden. Aber nein, die Traube aus dumpfbackigen Pendlern, die den Ausgang versperrt, ist gross und dichtmaschig. Da steht man dann im Bus, sieht, wie sich die Tür öffnet und ist gezwungen, sich einen Fluchtweg zu bahnen durch eine Horde, die sich zombiemässig auf einen zubewegt. Gibt es eine schönere Art, den Tag zu beginnen? Vor allem weil die Drängler uns Aussteiger in der Regel auch noch mit bösen Blicken beschenken, die uns zu sagen scheinen: Was musst du hier auch aussteigen, wo ich doch eigentlich rein will? Dabei, und hier werden wir für einmal philosophisch, gilt es doch zu bedenken: Jeder Einsteiger ist auch ein Aussteiger, früher oder später. Eine bewährte Methode, diesem Gesocks eins auszuwischen, ist eine Gruppenabsprache im Zug oder Bus. Man steigt brav aus, quält sich an den Dränglern draussen vorbei und steigt schnell bei der hinteren Tür ein, um dann wieder den Weg nach draussen anzutreten. Auf diese Weise bricht der Fluss an Aussteigern nicht ab, und die Nerven der Einsteigewilligen werden schwer geprüft.

Vorgeschlagene Mordmethode:
Sich die Gesichter der Betreffenden merken, warten, bis man mal auf derselben Strecke unterwegs ist wie dieses Gesocks und dann gemäss Methodik von Mordmotiv 4 vorgehen.

Mordmotiv 6:
Automechaniker

Hier präsentiert sich ein echter Interessenskonflikt. Einerseits brauchen wir auf dieser Welt natürlich Automechaniker, vor allem, seit das, was sich unter einer Motorhaube abspielt, nichts mehr mit Mechanik zu tun hat, sondern nur noch aus Elektronik besteht und komplexer aufgebaut ist als das Gefährt bei der ersten Mondmission. Andererseits hat ein gewisser Teil der im Berufsleben stehenden Automechaniker unzweifelhaft den Tod verdient. Es gibt keinen anderen Berufsstand, dessen Vertreter derart unverfroren und gewohnheitsmässig lügen, ohne auch nur mit der Wimper zu zucken. Haben Sie es je erlebt, dass der Reparaturbedarf an Ihrem Auto weniger gross war als ursprünglich angenommen? In aller Regel ist es genau umgekehrt: Sie steuern die Werkstatt an aufgrund eines Seitenfensters, das nicht mehr richtig schliesst. Bei Abholung des Fahrzeugs erfahren Sie, dass Ihr Wagen angeblich im Grunde seit Jahren nicht mehr fahrtüchtig war und es einem Wunder gleichkommt, dass Sie täglich Dutzende von Kilometern ohne Probleme abspulen. Denn der Vergaser ist im Eimer, der Zylinder grenzwertig, die Bremsen ihres Namens nicht mehr würdig – und genau genommen fehlt beim genaueren Hinsehen der ganze Motor. Das abgewürgte Seitenfenster, das Sie ursprünglich zur Fahrt in die Werkstatt genötigt hat, führt also letztlich dazu, dass Sie eine billigere Wohnung suchen und Ihren Kindern das Studium verbieten müssen. Gut gemacht!

Aber zugegeben: Diese Schilderung der Ereignisse ist nicht fair. In Wahrheit führen Automechaniker alle diese Arbeiten nicht einfach spontan aus und präsentieren uns danach die Rechnung. Nein, es ist alles überaus transparent organisiert. Gefühlte drei Minuten nach Ablieferung des Wagens erreicht Sie ein Anruf auf Ihrem Handy mit der Information, dass der Wagen eine grundlegende Generalüberholung benötigt, wobei eine Flut von Fachbegriffen folgt – und das aus dem Mund eines Mechanikers, der zuvor kaum Ihren Namen korrekt aussprechen konnte. Nun haben Sie selbstredend die Möglichkeit, die Expertise des Mannes am anderen Ende der Leitung anzuzweifeln. Nur: Wie will man das tun, wenn man selbst einen Kompressor nicht vom Behälter der Scheibenwischerflüssigkeit unterscheiden kann? Und was bringt es, wenn man die Diagnose anzweifelt? Soll man den Wagen wieder holen und zu einer anderen Autogarage bringen? Dort wird man selbstverständlich auch angelogen. Und der Mechaniker dort findet vielleicht zusätzlich noch heraus, dass hinten links ein Reifen fehlt.

In Wahrheit sind wir alle den Automechanikern hilflos ausgeliefert. Und wir sind gezwungen, ihre Behauptungen zu schlucken. Es sei denn, wir sind bereit, mit einem Seitenfenster zu leben, das auf halber Höhe stecken geblieben ist, und das so lange, bis wir einen wahrhaft ehrlichen Automechaniker gefunden haben. Viel Glück bei dieser Suche. Wenn sie erfolgreich verläuft, sollten Sie danach ein Buch schreiben.

Vorgeschlagene Mordmethode:
Den Mechaniker mit dem Kopf nach aussen durch das defekte Seitenfenster schieben und festzurren. Mehrmals durch eine Waschanlage fahren.

Mordmotiv 7:
Auf-den-Pelz-Rücker

Der Verfolger ist dir hart auf den Fersen. Du spürst seinen heissen Atem bereits im Nacken. Sein Arm drückt hart gegen deinen Rücken. Alles ist aus, das ist das Ende!

Alles halb so wild. Es handelt sich nicht um eine gnadenlose Verfolgungsjagd für eine Abrechnung im Mafia-Milieu, sondern um eine typische Szene an einer Supermarktkasse. Wer selbst brav Abstand hält zum Vordermann, der gerade die Brieftasche zückt oder den Pincode der Bankkarte am Terminal eintippt, wird die Erfahrung gemacht haben: Beim nächsten Kunden direkt hinter einem steht Rücksicht nicht so hoch im Kurs. Obwohl es, wie unzählige leider nie durchgeführte und publizierte Studien beweisen, keine Sekunde schneller geht, wenn man am Laufband von hinten auf Tuchfühlung geht, geschieht es doch andauernd. Würde man, um der unerwünschten Berührung zu entgehen, einen entschiedenen Schritt nach vorne machen, wäre das sinnlos. Zum einen kommt man dann dem bedauernswerten unbeteiligten Kunden ins Gehege, der gerade den Zahlungsvorgang abschliessen will. Und zum anderen wird der Hintermann mit absoluter Sicherheit umgehend nachrücken, bis man seinen Ellbogen oder den Warenkorb wieder in der Nierengegend hat. Und bei den Auf-den-Pelz-Rückern handelt es sich seltsamerweise nie um die Leute, die man gerne im Kreuz oder anderswo spürt. Ebenfalls absolut überflüssig ist der Versuch eines klärenden Wortes. Leute, die sich im öffentlichen Raum derart an einen herandrängen, dass kaum ein Unterschied zu einem Kopulationsversuch besteht, können selbst gar nicht nachzuvollziehen, was sie falsch machen.

Eine unschöne Spielart dieses Phänomens ist an Bankomaten zu erleben. Der vernünftige, rücksichtsvolle Zeitgenosse wird einen anständigen Abstand zu der Person einhalten, die gerade Geld bezieht – mit Sicherheit einen satten Meter oder so. Ein typischer Auf-den-Pelz-Rücker, der neu dazukommt, wird sich nun ohne zu Zögern zwischen den Geldbezieher und den rücksichtsvollen Abstandswarter stellen, als wäre er der nächste, der drankommt. Macht man ihn darauf aufmerksam, er solle sich doch bitte hinten anstellen, wird er erstaunt fragen: «Ach, Sie stehen auch an? Aber wieso denn da hinten? Ich dachte, Sie stehen einfach sonst rum.» Auch hier gilt: Eine erschöpfende Diskussion ist fruchtlos. Pochen Sie auf Ihr Recht, der nächste zu sein, da Sie schon ewig anstehen. Oder Sie lassen dem mühsamen Kerl den Vortritt. Denn ihm einen über die Rübe ziehen können Sie definitiv besser, wenn er vor Ihnen steht statt hinter Ihnen. Viel Glück – Sie tun der Welt einen Gefallen.

Vorgeschlagene Mordmethode:
Alle an der Kasse verfügbaren Warentrennstäbe nehmen und sie dem Drängler in Mund, Nase und Ohren stopfen.

Mordmotiv 8:
Spontan-Stehenbleiber

Auf der Rolltreppe. Auf der normalen Treppe. Auf dem Gehsteig. Auf einem Wanderweg. Zwischen Supermarktregalen. Ganz egal, wo man sich gerade aufhält, sie sind mit Sicherheit ebenfalls dort: Die Spontan-Stehenbleiber. Leute, die ganz offensichtlich eine verschobene Wahrnehmung haben und glauben, die letzten Überlebenden des nuklearen Holocaust zu sein – und sich nun allein auf der Erde zu befinden. Anders ist es schlicht nicht zu erklären, wie man nach dem Verlassen der Rolltreppe am Ende von dieser einfach stehen bleiben kann, während die Rolltreppenbenutzer direkt dahinter wie die Dominosteine aufeinanderprallen und in die Tiefe stürzen.

Was genau tun die Leute, nachdem sie spontan stehen bleiben und damit das Nadelöhr verschliessen? Möglicherweise müssen sie zuerst die Übersicht gewinnen: Was gibt es alles zu sehen und zu kaufen auf dieser Etage des Shopping-Paradieses? Dürfen sie ja gerne, kein Problem. Aber gewinnt man diese Übersicht wirklich ausschliesslich direkt am Ende der Rolltreppe? Verliert man jede Orientierung, wenn man nach dem Verlassen der Rolltreppe noch drei oder vier weitere Schritte macht und dort ein wenig zur Seite ausschert? Droht es einem, in ein geheimes Paralleluniversum abzugleiten und dort verloren zu gehen, wenn man sich ohne weiteres Vorwissen kurz vom Ende der Rolltreppe wegbewegt? Muss man wirklich genau dort stehen bleiben, wo ein Dutzend weiterer Kunden auch ganz gerne die Rolltreppe verlassen würde?

Unsere Vorgänger in der Geschichte mussten sich mit diesem Problem vermutlich nicht herumschlagen. Zum einen natürlich, weil es damals noch keine Rolltreppen gab. Vor allem aber, weil es zur Zeit der römischen Feldzüge oder des Freiheitskampfes der Indianer absolut notwendig war, seine Instinkte zu schärfen. Wer nicht spürte, dass hinter ihm jemand ist, hatte nicht mehr lange zu leben. Spontan-Stehenbleiber haben ganz offensichtlich diesen Instinkt völlig verloren. Leider aber droht ihnen dafür heute nur noch selten der verfrühte Abgang.

Vorgeschlagene Mordmethode:
Warten, bis der Stehenbleiber die Rolltreppe nach unten betritt und seine Hand mit Sekundenkleber am Handlauf festkleben. Zuschauen und still geniessen. Achtung, danach den Lift nehmen für die Fahrt nach unten.

Mordmotiv 9:
Winterdienst-Nichtsahner

Im Grunde ist ein durchschnittliches Jahr recht sauber und ordentlich eingeteilt. Es gibt den Frühling, den Sommer, den Herbst und den Winter, erstaunlicherweise immer in exakt dieser Reihenfolge. Entsprechend genau können wir vorhersagen, wann der kalendarische Winter beginnt. In Kombination mit dem erworbenen Wissen aus der Meteorologie ist es inzwischen sogar möglich, gewisse Prognosen in Bezug auf das Wetter zu erstellen – Tatsache! Gewisse bleibende Unsicherheitsfaktoren mal beiseite gestellt, lässt sich daher recht genau sagen, ob wir es in den kommenden Tagen mit drückender Hitze, Dauerregen oder Schneefällen zu tun bekommen werden. Das ist ungemein hilfreich beispielsweise bei der Entscheidung, ob wir am Morgen mit der Borat-Unterhose oder dem langen Mantel aus dem Haus gehen. Dieses geballte Wissen unserer Zivilisation scheint nur einer einzigen Gruppe von Menschen bisher verborgen geblieben zu sein: den Leuten, die für den Winterdienst auf den Strassen zuständig sind, also die Schneeräumung und das Salzen. Mit schöner Regelmässigkeit erleben wir folgendes Schauspiel: Stunden nachdem sich der Pendlerverkehr durch zwei Meter hohe Schneeberge durchgekämpft hat, fahren zwei bis drei Teams mit Räumungsfahrzeugen für ein Stadtgebiet mit mehreren hundert Kilometern Strassen auf und schauen, ob es irgendwo allenfalls noch ein Hügelchen hat, das fleissige Familienväter auf dem Weg zur Arbeit nicht bereits mit ihrem SUV aus dem Weg befördert haben. Auf entsprechende Nachfragen bei den zuständigen Behörden erfährt man dann, man sei vom Ausmass des Schneefalls völlig überrascht worden. Oder überhaupt vom Schneefall. Oder überhaupt vom Wetter. Oder überhaupt vom Winter.

Beim Winterdienst beginnt die übliche Schicht ganz offensichtlich um etwa 9 Uhr vormittags. Ein Blick aus dem Fenster verrät den Schneeräumern dann, ob ihr Einsatz gefragt ist oder nicht – dass sich das bereits vorgängig abschätzen lassen würde, ist dort unbekannt. Sehr intensiv gepflegt wird hingegen die Zusammenarbeit mit der Polizei. Während der Winterdienst – völlig überrascht vom Schneefall mitten im Januar – an den Autowracks der hilflosen Pendler vorbei ein bisschen vor sich hin salzt, verteilen die Ordnungshüter Bussen aufgrund Nichtbeherrschens des Fahrzeugs. Es folgt eine Mitteilung an die Medien, in der es heisst, es sei erschreckend, wie unvorbereitet viele Automobilisten offensichtlich auf die winterlichen Verhältnisse seien. Was der Winterdienst tut, während diese Meldung den Medien zugeht, ist nicht überliefert. Mit Sicherheit nichts, was man an der frischen Luft tun müsste. Dort könnte es ja allenfalls kalt sein. Wobei man das bekanntlich leider nie im Voraus weiss.

Vorgeschlagene Mordmethode:
Sobald es schneit, die Schneeräumer einfach nach draussen bugsieren. Bis die Leute merken, dass es schneit, sind sie bereits bis zum Scheitel unter den Schneemassen begraben.

Mordmotiv 10:
Geheimnisträger-Plaudertaschen

Es gibt das Arztgeheimnis. Es stellt sicher, dass der Dorfarzt am Stammtisch keinen umfassenden Blick in seine aktuellen Krankenakten bietet. Das Arztgeheimnis wird in aller Regel von offizieller Seite – also vom Arzt – eingehalten. Die Erkrankten selbst sind leider nicht immer so zurückhaltend. Persönliche Krankengeschichten werden aus irgendwelchen Gründen am liebsten dort offenherzig ausgetauscht, wo möglichst viele Unbeteiligte unfreiwillig mithören – also im Bus, im Zug oder im Restaurant. Seit wir mobil telefonieren können, sind nicht einmal zwei Personen nötig, um Zeuge eines Gesprächs über Schwierigkeiten beim Stuhlgang, nässende Wunden und gelblichen Auswurf zu werden. Ein Mensch und sein Handy reichen, um uns den Appetit nachhaltig zu verderben.

Nicht immer wird dabei eine echte Krankengeschichte bemüht. Der öffentliche Raum ist auch der beliebteste Ort, um das, was viele von uns als persönliche Schamgrenze wahrnehmen, zu überschreiten. Mein persönlicher Favorit, was Selbsterlebtes in dieser Kategorie angeht, ist ein nettes Essen (siehe Mordmotiv 2) mit meiner Frau, während am Nebentisch zwei mittelalterliche, mittelhübsche Damen angeregt diskutierten. Dem Gespräch, das auszublenden aufgrund der Lautstärke unmöglich war, konnte man entnehmen, dass beide Frauen beziehungsweise ihre Ehemänner in der Agrarwirtschaft tätig waren – Landwirte also. Der Austausch hatte zunächst etwas Rührendes. Wie sich beide Frauen gegenseitig mehrfach versicherten, war dieser Abend für sie der Höhepunkt des Jahres. Sich ungestört vom Nachwuchs und ohne Arbeit in der Küche einen Abend lang kulinarisch verwöhnen zu lassen: Das ist offensichtlich eine Seltenheit im Leben der beiden.

Der Welt ist zu wünschen, dass das so bleibt. Denn der Hauptteil der Unterhaltung der beiden drehte sich um die Qualität der Beschaffenheit der Innenseite von Gummistiefeln. Offensichtlich leiden beide Bauersfrauen unter einer relativ starken Schweissentwicklung, die im Zusammenspiel mit Gummibekleidung besonders prägnant zu Tage tritt. Innerhalb kürzester Zeit – so erfuhren wir nach der Suppe und noch vor dem Hauptgang – sind die handelsüblichen Gummistiefel innen jeweils schweissgetränkt, was natürlich kein angenehmes Gefühl für die Füsse ist. Aber immerhin ein ganz hervorragendes Diskussionsthema in einem Restaurant. Eine der beiden Frauen schwor der anderen Stein und Bein, dass sie ihre Stiefel nach getaner Arbeit über der Badewanne auszuschütteln pflegt. Die Reaktion des Gegenübers verpasste ich, da in diesem Moment mein Schnitzel serviert wurde, das von einer an sich bestimmt ganz lieblichen Sauce umspielt wurde. Ich hielt mich ans Gemüse.

Vorgeschlagene Mordmethode:
Austesten, wie die Schweissentwicklung aussieht, wenn man der Frau den Gummistiefel statt über den Fuss über die Rübe zieht.

Mordmotiv 11:
Innerorts-Aufdreher

Mein eigener Fahrkundeunterricht liegt einige Jahrzehnte zurück. Vielleicht habe ich damals etwas Entscheidendes verpasst. Oder das Strassenverkehrsgesetz wurde seither entsprechend angepasst. Jedenfalls muss ich, gemessen am täglich Erlebten auf der Strasse, davon ausgehen, dass es eine feste Regel gibt, an die ich mich als einziger Mensch nicht halte. Es ist eine Frage der Zeit, bis man mich dafür büsst. Die Regel ist die folgende: Ausserorts auf einer Strasse, auf der man mit 80 Kilometern pro Stunde unterwegs sein dürfte, tut man gut daran, die 60 nicht zu überschreiten und mit diesem Schleichtempo den gesamten nachfolgenden Verkehr aufzuhalten. Sobald man sich aber der Innerorts-Zone nähert und das Höchsttempo auf 50 fällt, dreht man auf 65 bis 70 Kilometer pro Stunde auf und brettert damit durchs Dorf. Das muss die korrekte, offizielle Vorgehensweise sein. Denn ich zuckle regelmässig hinter irgendwelchen Schleichern her, die ausserorts die Tempolimite nicht mal ansatzweise ausreizen, werde dann aber von den gleichen Leuten innerorts abgehängt, wenn ich mein Tempo auf die erlaubten 50 km/h drossle. Das heisst: Die Leute, die vorher stoisch auf ihren 60 km/h beharrten, bleiben in der 50er-Zone auf dem Gas oder legen sogar noch ein wenig zu. Dass nicht selten ein Hut auf der hinteren Ablage der bewussten Fahrzeuge liegt, mag Zufall sein; die Häufigkeit dieser Erscheinung spricht dagegen. Da Tempokontrollen in aller Regel ausserorts erfolgen, gehen solche Innerorts-Aufdreher den Gesetzeshütern natürlich nie in die Maschen. Obschon ihre absolute Unkenntnis darüber, wie schnell man innerorts unterwegs sein darf, ein massiv grösseres Gefahrenpotenzial aufweist als einige Kilometer pro Stunde mehr bei der Fahrt über Land.

Vorgeschlagene Mordmethode:
Den Innerorts-Aufdreher überholen und ihn mit hektischen Arm-
zeichen bis zur nächsten Tempo-30-Zone lotsen. Dort löst sich
das Problem selbst, weil er vermutlich mit Tempo 100 in die
nächste Hauswand brettert.

Mordmotiv 12:
Vorwärts-Fahrer

Ich will niemandem eine Lüge unterstellen (ausser Automechanikern und Autoverkäufern, siehe Fälle 6 und 63). Schon gar nicht
putzigen älteren Damen, die ihre Haare mit einem leichten Ton
ins Violette angereichert haben. Aber genau diese Spezies ist es
in aller Regel, die in Bus und Zug unangenehm auffällt. Obschon
meistens nicht mehr gut auf den Beinen, tigern diese Damen in
dicht besetzten öffentlichen Verkehrsmitteln herum und fordern
lautstark einen Sitzplatz in Fahrtrichtung. Rückwärts zur Fahrtrichtung zu sitzen sei absolut unmöglich für sie, verkündigen sie
ungefragt. Konfrontiert man Ärzte mit diesem Phänomen (Notiz
an selbst: Aufwändige Recherche, Bonus beim Verlag verlangen!),
sprechen sie gerne von einer bekannten Reaktion. Es handle sich
um widersprüchliche Bewegungsreize, die den Organismus über-
fordern. Sitzt man entgegen der Fahrtrichtung, wirken die Flieh-
kräfte während der Fahrt anders auf den Körper ein. Das mag ja
alles sein. Es erklärt aber nicht, warum praktisch ausschliesslich
alte Frauen mit violett gefärbten Haaren davon betroffen sind.
Die typische Reisekrankheit befällt vor allem Kinder zwischen
drei und zwölf Jahren und keine Leute, die 80 Lenze und mehr
auf dem Buckel haben.
   Die Wahrheit ist: Die bewussten Damen mit Violett-Ton sind
auf der Suche nach Aufmerksamkeit. Sich einfach auf den nächsten freien Sitz fallen zu lassen, ohne die Umwelt darüber zu infor-

mieren, wie die Fahrpräferenzen aussehen und mit welchen Nebenwirkungen zu rechnen ist, falls die Forderung nicht erfüllt wird: Das wäre doch eine verpasste Chance. Nein, man muss der Umwelt mitteilen, dass man – als einzige Person im ganzen Bus – um jeden Preis nach vorne schauen muss während der Fahrt. Selbst wenn diese lediglich eine Haltestelle weit geht. Es geht nichts um ein bisschen Mitleid, das einem geschenkt wird.

Astronauten, Soldaten und Piloten, die es mit ganz anderen Bewegungsreizen zu tun haben als busfahrende alte Damen, trainieren so lange, bis eine Gewöhnung eintritt. Vielleicht sollte man die betroffenen Buspassagiere einfach mal ein paar Stunden lang an einen Sitz entgegen der Fahrtrichtung fesseln und auf einer abgesperrten Formel-1-Strecke Gummi geben. Hilft das auch nichts, so erteilen Ärzte als vorbeugende Massnahme gegen Reisekrankheit den Rat, auf Alkohol zu verzichten. Vielleicht liegt da ja der Ursprung des Problems. Wenn sich eine Pensionärin zum Frühstück eine Bloody Mary gönnt, sehe ich mich nun wirklich nicht veranlasst, meinen Platz mit ihr zu tauschen, nur damit sie im Vollsuff in Fahrtrichtung unterwegs sein darf.

Vorgeschlagene Mordmethode:
Der alten Dame, während sie noch einen Platz in Fahrtrichtung sucht und stehen muss, so lange Komplimente zu ihren violetten Haaren machen und sie damit verwirren, bis der Busfahrer früher oder später im hektischen Stadtverkehr zu einer Vollbremsung gezwungen ist.

Mordmotiv 13:
Kopfhörer-Business-Telefonierer

Moderne Smartphones sind grösser als frühere Handymodelle, aber in aller Regel schlanker und sehr leicht. Man kann sie problemlos ans Ohr führen und in dieser Haltung einige Zeit verharren, um ein Gespräch zu führen, ohne dass einem der Arm abfällt. Dieses Vorgehen hat sich milliardenfach bewährt.

Junge Businessleute, die so aussehen, als könnten sie mit ihrem im Studium erworbenen Wissen als Unternehmensberater eine traditionsreiche gesunde Firma innerhalb weniger Stunden in den Abgrund führen, sehen das anders. Sie telefonieren grundsätzlich nicht mit dem Handy am Ohr, sondern mit Kopfhörern oder einem kabellosen Headset. Und zwar nicht nur im Auto, sondern auch zu Fuss, mitten in der Stadt. Ihr Gesichtsausdruck, während sie in der Fussgängerzone die aktuellen Börsenkurse kommentieren oder irgendwelche bahnbrechenden Entscheide verkünden, wirkt so, als wollten sie uns sagen: «Hey, ich bin wichtig, wenn ich nicht pausenlos selbst im Gehen telefoniere, kommt die Welt zum Stillstand, und schaut doch nur, wie modern meine Ausrüstung ist!» Nur so ist der unverkennbare Stolz in den Gesichtern zu erklären.

Mal zur Information an die Wichtigtuer: Sogar alte Damen auf der Suche nach Sitzplätzen in Fahrtrichtung (siehe Mordmotiv 12) haben heute nicht selten ein Handy in der Tasche. Und wenn sie wollten, könnten sie sich Kopfhörer mit Mikrofon dazu kaufen und mit den Händen in der Manteltasche in der Fussgängerzone Kuchenrezepte mit einer australischen Freundin austauschen. Das ist keine Revolution, das ist seit Jahren der Standard. Es gibt also keinen Grund, möglichst laut zu sprechen und den Kopf in alle Richtungen zu drehen, um sicherzustellen, dass jeder im Umkreis von 50 Metern das handfreie Telefonat mitkriegt. Dass vermutlich in einem stolzen Prozentsatz der Fälle gar niemand am anderen Ende der Leitung ist und das Telefonat frei erfunden ist, darf zudem mit einiger Sicherheit angenommen werden. Wenn das kein Mordmotiv ist, was dann?

Vorgeschlagene Mordmethode:
In Ruhe abwarten. Vielleicht sind diese modernen Headsets ja doch krebsfördernd. Hoffen darf man immer.

Mordmotiv 14:
Lichtsignalprogrammierer

Fest installierte Lichtsignale an vielbefahrenen Kreuzungen haben meist eine innere Logik und basieren auf einer relativ ausgeklügelten Technologie. Natürlich kommt uns das nicht so vor, wenn wir minutenlang vor dem Rotlicht stehen, aber wenn aus allen Himmelsrichtungen Autos kommen, der Bus bevorzugt behandelt wird und irgendwo auch noch Fussgänger über die Strasse müssen, führt kein Weg an einer gewissen Wartezeit vorbei. Das akzeptiert man als Autofahrer im Stadtverkehr ja auch.

Anders sieht es aus auf einsamen Landstrassen, an denen aufgrund von Bauarbeiten temporäre Lichtsignale aufgestellt werden. Da geht es meist schlicht darum, dass eine Fahrspur gesperrt ist – aus einer Richtung hat man dann entsprechend Grün, aus der anderen Rot. Das macht total Sinn und vermeidet Blechschaden, es sei denn, man provoziert diesen bewusst (siehe Mordmotiv 1). Weshalb aber diese Lichtsignale mitten in der Nacht immer genau dann auf Rot wechseln, wenn man sich ihnen nähert, so dass nur noch eine Vollbremsung hilft, fragt sich sehr. Die schlafenden Kinder auf den hinteren Sitzen werden durchgeschüttelt, die Bremsen leiden, die Reifen quietschen und verlieren die Hälfte des Profils, der Feinstaub tanzt, das Klima jammert – und man muss danach feststellen, dass man wirklich absolut allein in diesem Landstrich ist, aus der Gegenrichtung kein Mensch kommt und man nun mehrere Minuten vor einem Rotlicht wartet, das keinerlei Funktion erfüllt. Neckischerweise blinkt an der Ampel ein kleines Lämpchen, das einen Sensor vorgaukelt, aber dieser ist entweder sehr beschränkt, was seine Reichweite angeht, oder wir sind ihm nicht sympathisch. Jedenfalls meldet er unsere Anwesenheit nicht an die Ampel weiter, während auf der anderen Seite die grüne Welle herrscht – für gar niemanden.

Das ist wieder einer dieser Fälle, in denen man sich fragt, wieso wir zwar ein Gefährt auf dem Mars herumrollen lassen können, es aber nicht möglich ist, intelligente Lichtsignale zu montieren, die mittels Sensoren melden, von woher der Verkehr kommt – und in welcher Richtung Totenstille herrscht.

Vorgeschlagene Mordmethode:
An der nächsten temporären Lichtsignalanlage aufknüpfen.

Mordmotiv 15:
Feng-Shuianer

Wenn durchgeknallte Berufsesoteriker ihre Wohnung mit Springbrunnen, Glaskristallen und Bambusbildern vollstopfen, sei ihnen verziehen. Nach einer jahrelangen Gehirnwäsche durch die überaus erfolgreiche Esoterikwelle im Buchhandel und auf allen Kanälen von TV und Radio sind solche Auswüchse unvermeidlich. Schlimmer ist es, dass inzwischen selbst hartgesottene Geschäftsleute und Spitzenmanager glauben, den Energiefluss in ihren Räumlichkeiten durch das Umstellen von Möbeln und die neue Ausrichtung irgendwelcher Topfpflanzen beeinflussen zu können. Dieselben Leute, die sonst nur absolut nüchternen Argumenten zugänglich sind, lassen sich plötzlich beraten von Angehörigen einer Disziplin, die auf keine einzige wissenschaftlich erhärtete Studie verweisen kann. Am Respekt vor den Wurzeln von Feng-Shui im asiatischen Raum muss es ja nicht einmal fehlen, schliesslich glaubte man früher auch, die Erde sei eine Scheibe. Aber wenn im 21. Jahrhundert die Absolventen von Spitzenuniversitäten plötzlich überzeugt sind, dass die Belegschaft besser arbeitet, weil es irgendwo in einer Ecke vor sich hin plätschert, dann muss man sich ernsthaft Sorgen machen.

Ich höre den Widerspruch bereits. Denn natürlich gibt es im

Web knallharte Beweise für die Wirksamkeit von Feng Shui, sorgfältig verbreitet von den Anhängern der Lehre. In einem Fall ist die Rede von einem (nicht namentlich genannten) Restaurant mit gehobener Küche, dem es an Gästen fehlte. Nach der Feng-Shui-Beratung seien einige fehlende Elemente hinzugefügt worden, so dass nun die Energien besser fliessen. Inzwischen habe man mehr Gäste, und in einer Zeitung sei eine positive Kritik über das Restaurant erschienen, in der erwähnt wurde, wie gemütlich es dort sei. Und, bereits überzeugt? Ich weniger. Für eine Beurteilung der Wirkung sind diese Informationen etwas dünn. Vielleicht war zuvor die Küche einfach miserabel. Und möglicherweise wurden die bisherigen Nagelbretter durch bequeme Polsterstühle ausgetauscht, was sich bestimmt auf die Gemütlichkeit und auch auf die Beliebtheit bei den Gästen ausgewirkt hat.

Jedenfalls: Wenn die Chefetage eines Unternehmens, in dem der Kapitalismus in Reinkultur betrieben wird, gleichzeitig auch noch ein bisschen fernöstliche Einrichtungsphilosophie betreibt, so ist das nichts anderes als entweder der Versuch, trendig zu sein, oder aber ein Akt der Verzweiflung, weil die Strategie der Firma nicht mehr aufgeht. Dass es bessere und schlechtere Arbeitsplätze gibt, dass kaum jemand gerne mit dem Rücken zur Tür sitzt und ein paar hübsche Pflänzchen der Arbeitsmoral noch nie geschadet haben, ist ja unbestritten. Dass massiv Geld in eine Pseudowissenschaft fliesst, während man anderswo gerne spart, ist hingegen absurd.

Im Übrigen hat Feng Shui, wie es im Westen praktiziert wird, mit der alten Lehre aus dem fernen China nicht mehr viel zu tun. Wie immer in der Esoterik wurde – zur Verbesserung der Akzeptanz – einfach alles Mögliche auch noch rein gepappt, mit dem sich Kasse machen lässt, vom Wünschelrutengehen bis zur Analyse der Erdstrahlung. Geisterbeschwörung beispielsweise, wie sie zum ursprünglichen Feng Shui gehört, wird im Westen hingegen unterschlagen, weil die Aktivisten sehr wohl ahnen, dass das den meisten Leuten hier nun doch einen Tick zu viel des Guten wäre. Positive Effekte auf Gesundheit oder wirtschaftlichen Erfolg sind bis heute in keinem Fall nachweisbar. «Feng Shui ist keine Wissenschaft, sondern füllt nur die Geldbörsen einiger Quacksalber»: Das Zitat stammt nicht von einem westlichen Esoterikkritiker, sondern von einem chinesischen Universitätsprofessor. Dort ist man zwar stolz auf die alten Traditionen, man pflegt sie auch gerne, kann aber unterscheiden zwischen altem Aberglauben und modernem Wissen.

Vorgeschlagene Mordmethode:
Den Anhänger von Feng Shui überzeugen, dass der Kristall mit einem Durchmesser von 20 Zentimetern die Energie am besten freisetzt, wenn man ihn verschluckt.

Mordmotiv 16:
Nachdenkaufforderer

Man sollte auf gar keinen Fall pauschalisieren und generalisieren. Und dennoch ist festzuhalten: Die Angehörigen der Denkmal-drüber-nach-Fraktion sind meistens jung, weiblich, tragen das lange Haar als Pferdeschwanz oder Zopf, ziehen Selbstgestricktes an und glotzen uns durch eine Brille hindurch an, die John Lennon als einen Hauch zu alternativ abgelehnt hätte. Und natürlich haben sie eine Jutetasche dabei, in der sich ausschliesslich Reformhausprodukte befinden.

Wenn der Satz «Denk mal drüber nach» in einer Debatte fällt, finde sie nun in der realen oder in der virtuellen Welt, beispielsweise einem Online-Diskussionsforum, statt, sollte man schleunigst Reissaus nehmen. Was nun folgt, sind keine rationalen Argumente, und die Absender dieses Satzes sind für diese auch nicht

empfänglich. Mit «Denk mal drüber nach» werden Thesen eingeführt wie die, dass Harry-Potter-Bücher unsere Jugend auf ewig
verderben, George Bush persönlich die Twin Towers umgehauen
hat (siehe Fall 46) und die einzige richtige Ernährung Veganismus
bei gleichzeitigem Verzicht auf Gemüse und Wasser ist. Mit anderen Worten: Sobald wir «mal drüber nachdenken» sollen, wird es
absurd. Das ist durchaus folgerichtig: Wenn man für das, was man
behauptet, kein einziges stichhaltiges Argument hat, muss man
den Ball wieder dem andern zuschieben. Der kann sich dann den
Mund fusslig reden, Studien zücken und Beweise vorlegen, das
nützt gar nichts. Denn als Antwort folgt ein sanftes, von einem
spielerischen Lächeln der Überlegenheit begleiteten «Denk doch
einfach mal drüber nach.»

Wer diesen Satz benutzt, geht davon aus, dass das Gegenüber
bisher nicht nachgedacht hat. Das ist besonders abwegig, weil die
Denk-mal-drüber-nach-Fraktion aus Leuten besteht, die selbst nie
nachdenken, sondern nur nachbeten, was ihnen irgendein Guru
erzählt hat. Ich finde, die sollten dringend mal drüber nachdenken. Die Frage ist nun nur, wie man ihnen das am besten mitteilt.

Vorgeschlagene Mordmethode:
Der Dame alles auf einen Schlag verfüttern, was sie in der Juteta-
sche mit dabei hat. Die Jutetasche zum Schluss ebenfalls noch
nachschieben.

Mordmotiv 17:
Erklärungssüchtige

Im Elektronikfachhandel arbeiten allwissende Fachleute im Verkauf – hoffentlich. Die Kunden sind nicht immer mit so viel Wissen ausgestattet – verständlicherweise. In aller Regel gibt es mehr
Kunden als Verkäufer – sinnvollerweise. Diese Konstellation birgt

Konfliktpotenzial. Als Kunde, der genau weiss, was er will und den Laden nur betreten hat, um Geld abzuliefern und das Produkt an sich zu nehmen, muss man manchmal warten, bis ein laufendes Beratungsgespräch vorbei ist. Damit könnte man leben. Nur leider lassen sich genau die Leute, die einen Flachbildfernseher nicht von einer Harddisk unterscheiden können, über Gebühr und mit viel unnötigem Wissensballast beraten. Und das kann dauern. Kürzlich befand ich mich in der Kundenschlange hinter einer jungen Lehrerin, die einen Laptop kaufen wollte. Ihre grösste Sorge war die Migration der Daten vom alten auf das neue Gerät. Der Verkäufer versicherte ihr, das sei ein Kinderspiel, aber die Käuferin blieb tief besorgt. Es sei absolut zentral, dass sämtliche Mails die Migration unbeschadet überständen, erklärte sie, denn, und es folgt ein Originalzitat: «Ich bekomme sicher fast jeden Tag mindestens ein E-Mail.»

Ich befand mich geistig zu diesem Zeitpunkt bereits in der Position einer zum Angriff bereiten Würgeschlange, aber es kam noch schlimmer. Denn der Tiefpunkt ist erreicht, wenn erklärungssüchtige Personen auf übereifriges Personal treffen. Details erspare ich uns allen, aber es gelang dem Verkäufer tatsächlich, einen Bogen zu spannen, der über die Beschreibung der technischen Spezifikationen und den Hinweis auf das Retina-Display des Computers bis zur Beschaffenheit der menschlichen Netzhaut reichte. Die Folge war, dass die Kundin sich ausführlich über ein Augenleiden äusserte, das sie in Kindergartenjahren ereilt hatte, was dann irgendwie dazu führte, dass die beiden plötzlich über die detaillierte Funktion der im Laptop integrierten Webcam sprachen.

Dabei wollte die Lehrerin doch nur eines: Einen neuen Computer, auf dem sie weiterhin täglich mindestens ein E-Mail empfangen kann.

Vorgeschlagene Mordmethode:
Die E-Mail-Adresse der Lehrerin so lange verbreiten, bis sie statt

einem täglich hunderte Spam-Mails bekommt und überfordert zusammenbricht.

Mordmotiv 18:
Fussgängerstreifenplauderer

Stellen wir uns, nur dem Effekt zuliebe, eine Strasse von zehn Kilometern Länge vor, die schnurgerade verläuft. Ihr entlang führt ein Gehweg. Ein einziger Fussgängerstreifen quert diese Strasse, etwa in ihrer Mitte. Stellen wir uns nun weiter vor, dass zwei Personen auf diesem Gehweg unterwegs sind. Sie plaudern angeregt und gehen dabei unaufhaltsam weiter. Plötzlich entscheiden sie sich, aus welchen Gründen auch immer, innezuhalten und die Unterhaltung im Stillstand fortzusetzen. Ich gehe jede Wette ein, dass das genau auf der Höhe des Fussgängerstreifens der Fall wäre.

Es ist wieder eines dieser Naturgesetze. Fussgänger auf Gehwegen halten immer auf der Höhe des Fussgängerstreifens an und plaudern, obwohl sie gar nicht beabsichtigen, die Strasse zu überqueren. Als Autofahrer hält man – aufgrund der entsprechenden Gesetzeslage zumindest in der Schweiz – pflichtschuldig an, um die Leute durchzulassen; woher soll man auch wissen, dass die gar nicht hinüberwollen? Nach einer gewissen Wartezeit wird es offensichtlich, dass die Plauderer auf ihrer Seite bleiben wollen, aber es ist nach wie vor riskant, weiterzufahren – was, wenn sie es sich spontan anders überlegen und die Strasse betreten? Solchen Leuten ist alles zuzutrauen. Also gestikuliert man wild in die Richtung der Fussgänger oder ruft ihnen sogar etwas zu aus dem geöffneten Wagenfenster. So im Sinn von: Wollt ihr nun oder wollt ihr nicht? Und die Reaktion ist rund um den Erdball immer dieselbe: Die Plauderer schauen erstaunt rüber und verstehen gar nicht, was die Aufregung soll. Schliesslich stehen sie nur da auf dem Gehweg und unterhalten sich. Später kann man dann wunderbar über diese aggressiven Autofahrer plaudern, die mitten auf der Strasse anhalten und unbescholtene Fussgänger anfluchen, die nur friedlich auf dem Gehsteig stehen.

Vorgeschlagene Mordmethode:
Solange im Schritttempo neben den Plauderern herfahren, bis sie irgendwann doch über die Strasse müssen.

Mordmotiv 19:
Handgepäckübertreiber

Wer beim Einchecken am Flughafen mit dem Personal eine Diskussion über ein halbes Kilogramm zu viel beim Gepäck führen muss, kommt sich ziemlich dämlich vor. Denn während man knurrend irgendwelche Übergewichtszuschläge für den Koffer bezahlt, der danach im Bauch des Flugzeugs verstaut wird, schleppen daneben irgendwelche wichtigtuerischen Vielflieger ein Handgepäck vorbei, bei dem man sich fragt: Soll das wirklich in den Flieger – oder vielleicht umgekehrt? Die International Air Transport Association (IATA) empfiehlt eine Maximalgrösse des Handgepäcks von 25 x 45 x 56 Zentimeter. Ein echter Lacher, wenn man die Realität sieht. Was da im Flieger verstaut wird, hat ganz andere Masse. Da passen volle Kinder, ausgewachsene Doggen oder ein Smart rein. Das Beste an der Sache ist allerdings das Verhalten dieser Handgepäck-Monster. Mit schöner Regelmässigkeit regen sie sich im Flugzeug lautstark darüber auf, dass sie ihre völlig überdimensionierten Särge nicht problemlos durch die enge Gangway bringen, geschweige denn in der Gepäckablage verstauen können.

Was genau ist da eigentlich drin? In der Regel sind es ja Fluggäste der Marke Business-Typ, die mit solchem Handgepäck unterwegs sind. Alles, was die auf einer Reise brauchen, sind Gadgets, die im Lauf der Zeit immer kleiner und leichter geworden sind – Laptop, Tablet und so weiter. Und eine frische Garnitur Kleider für das superwichtige Treffen direkt nach der Ankunft in Washington kann man auch in einem handelsüblichen kleineren Gepäckstück unterbringen. Könnte man. Aber wer auf dicke Hose machen will, greift natürlich zu einem dreitürigen Spiegelschrank als Handgepäck.

Vorgeschlagene Mordmethode:
Warten, bis sich so ein Wichtigtuer aus dem Sessel bewegt und dann die Gepäckablage über ihm öffnen.

Mordmotiv 20:
Gratistrinkwasserforderer

Wer ein Bier bestellt in einer Bar, der kriegt ein Bier. Der Wunsch nach einem Glas Wein hat meist zum Ergebnis, dass einem ein Glas Wein gebracht wird. Nur bei der Kaffeebestellung wird diese Grundregel plötzlich auf den Kopf gestellt. Eine wachsende Zahl von Gästen findet, ein Kaffee müsse grundsätzlich von einem kostenlosen Glas Wasser begleitet sein. Ursprung dieser Forderung ist vermutlich die – längst widerlegte – These, der Konsum von Kaffee entziehe dem Körper Wasser. Aber selbst wenn: Nur deshalb muss der Restaurantbesitzer noch lange kein Gratiswasser ausschenken. Der Zigarettenverkäufer spendiert seinem Kunden ja auch keine Lungenreinigung. Wer ein Glas Wasser zu seinem Kaffee will, soll dieses erstens bestellen und zweitens bereit sein, es zu bezahlen. Denn es ist ein zusätzliches Produkt, das er wünscht. Wasser kostet nicht viel in der Herstellung, völlig richtig, aber das tut das Mineralwasser in der Flasche auch nicht. Und das Servierpersonal muss ein Glas behändigen, Wasser reinfüllen, das Glas servieren und es später abtragen und reinigen. Das sind die Leistungen, die zur Gesamtrechnung im

Restaurant beitragen. Wir bezahlen überall neben dem eigentlichen Produkt auch die damit verbundene Dienstleistung und die Infrastruktur.

Nun könnte man sagen: Halb so wild, was stört es mich, wenn einer findet, kostenloses Wasser gehöre zu einem Kaffee. Nun: Die Leute finden das nicht nur, sie teilen es auch allen mit – dem Servicepersonal, der Begleitung, unbekannten Leuten am Nebentisch. «Also, ein Glas Wasser zum Kaffee ist nun wirklich nicht zu viel verlangt, das sollte also schon drin liegen, es ist eine Schande, dass man das noch erwähnen muss, wie kommen die nur auf die Idee, etwas dafür zu verlangen, früher war das anders...» Ob es früher anders war, entzieht sich unserer Kenntnis. Sicher dürfte sein, dass angesichts der tatsächlich unverschämten Kaffeepreise in vielen Lokalen der Wasserpreis locker verschmerzbar ist.

Vorgeschlagene Mordmethode:
Mit literweise Wasser abfüllen, bis buchstäblich nichts mehr reingeht. Natürlich völlig kostenlos.

Mordmotiv 21:
Aldi-Kassenablagen-Designer

Man kann bekanntlich auch am falschen Ort sparen. Der Spruch gilt für diejenige Person, die beim Gestaltungskonzept der Aldi-Filialen mit dem Design des Kassenbereichs betraut war. Zwischen dem Ende des Laufbands und der Einkaufstasche befinden sich grob geschätzt 15 Quadratzentimeter Fläche. Auf diese stellen die Kassiererinnen notgedrungen die eingekauften Waren. Höchstens eine einzelne Banane hat dort Platz, danach muss gestapelt werden, was im Fall einer Banane ziemlich schwierig ist. Will man als aufmerksamer Kunde dafür sorgen, dass die

Ablage immer frei ist für das nächste Produkt, muss man das Zeug schlicht mit einer hektischen Handbewegung zu Boden wischen, anders ist es nicht möglich. Es bleibt ganz einfach nicht genügend Zeit, um die Einkäufe zu nehmen und schön in der Tasche zu verstauen. Besonders seltsam ist das, da Discounter ja ausgesprochenerweise für Grosseinkäufe angelegt sind. Man geht nicht zu Aldi oder Lidl, um dieses besonders exquisite Glas Gurken zu erstehen und sich danach bei einer anderen Handelskette wagenweise mit Produkten einzudecken. Discounter leben von der Masse, die Gewinnmarge beim einzelnen Produkt ist (hoffentlich!) eher gering. Also gebt uns doch bitte ein bisschen Platz, um den Einkauf in Ruhe verstauen zu können.

Vorgeschlagene Mordmethode:
In der Zeitung auf ein bestimmtes Datum hin eine supertolle Billigaktion bei Aldi ankündigen und den Designer vor der Eingangstür an den Boden kleben. Den Rest erledigen die Schnäppchenjäger-Horden.

Mordmotiv 22:
Takeaway-Zögerer

In jedem anständigen Takeaway werden die bestellbaren Speisen und Getränke in Wort und Bild auf gut sichtbarer Höhe angepriesen. Steht man in einer Schlange – was der Normalfall ist –, hat man also alle Zeit der Welt, die Angebotsvielfalt zu bestaunen und eine Auswahl zu treffen. Diese kann man dann nach fünf oder zehn Minuten Warten umgehend der dienstfertigen Dame an der Theke mitteilen. Beziehungsweise: Könnte man. Aber nein, das Warten in der Schlange wird für sinnlosen Smalltalk, SMS-Schreiben oder ausgiebiges Gähnen genutzt. Und steht man dann vor der Bedienung, muss man sich zuerst mal in Ruhe überlegen, was es heute sein soll. Oder vielleicht erkundigt man sich zunächst einmal, was es überhaupt gibt. Und in welchen Grössen. Und mit oder ohne Sauce. Und sucht danach die Geldtasche. Und versucht, in dieser den abgezählten genauen Betrag zu finden. Und überhaupt. Wir haben ja Zeit, richtig?

Vorgeschlagene Mordmethode:
Frittieren.

Mordmotiv 23:
Wer-ist-dran-Frager

Was muss die Verkäuferin in einer Bäckerei, einer Metzgerei oder irgendeiner anderen Verkaufsthese können? Die korrekte Ware überreichen und den korrekten Preis nennen, klar. Darüber hinaus würde es nicht schaden, wenn diese Leute als Zugabe auch noch in der Lage wären, die Übersicht zu behalten, wenn regelrechte Menschenmassen – also drei oder vier Kunden – gleichzeitig vor ihnen stehen. Da sich Kunden untereinander selten darüber einig sind, wer nun zuerst dran war, muss irgendjemand die Entscheidung fällen. Aber statt ein klares Machtwort zu sprechen, fragen die Verkäuferinnen einfach in den Raum hinein: «Und wer ist jetzt dran?» Und spielen damit den Ball elegant an die Kundschaft weiter.

Wer dran ist? Woher sollen wir das wissen? Es hat niemand Protokoll über den Zeitpunkt des Erscheinens im Ladeninnern geführt. Und vor allem: Dürfen wir wirklich damit rechnen, dass die anderen Wartenden die Frage ehrlich beantworten? Sollen wir vielleicht unbeteiligte Zeugen von der Strasse holen, die allenfalls durchs Schaufenster etwas gesehen haben? Lohnt es sich, den Anwalt einzuschalten? Verkäuferinnen schieben feige die

Verantwortung ab. Sie sorgen so dafür, dass schüchterne, zurückhaltende und wortkarge Mitmenschen stundenlang vor dem Tresen stehen, weil sie sich nicht trauen, die Frage der Verkäuferin selbstbewusst zu beantworten. So jemand hat seine Strafe verdient.

Vorgeschlagene Mordmethode:
Die Frage «Wer ist dran?» mit einem wütenden «Du!» beantworten und zur Tat schreiten.

Mordmotiv 24:
Gestresstpensionäre

Fragen Sie einen Pensionär, ob er die viele Freizeit und Freiheit geniesse, über die er nun verfüge. Sie werden zur Antwort erhalten, dem sei keineswegs so, im Gegenteil: Nach Antritt der Pension ist der Alltag unserer Rentner gemäss deren eigener Aussage noch viel stressiger und überladener als zuvor. Selbst wer 40 Jahre in einem Bergwerk unter widrigsten Bedingungen geschuftet hat, wird behaupten, die Pension sei ungleich härter als das Berufsleben. Aus unerfindlichen Gründen will keiner von denen, die völlig verdient aus dem Erwerbsleben ausgeschieden sind, einfach mal zugeben, dass er jetzt die Ruhe weg hat.

Das wäre auch nicht weiter schlimm. Nur leider haben es die Pensionäre darauf angelegt, uns täglich zu beweisen, wie dicht gedrängt ihr Nichtarbeitstag ist. Deshalb sind sie zu den Hauptverkehrszeiten mit dem Zug unterwegs. Sie mischen sich frühmorgens sowie kurz nach dem allgemeinen Feierabend in die Kundenschlange vor dem Postschalter und gehen selbstverständlich am Samstag einkaufen. Verzweifelte Gegenmassnahmen wie beispielsweise die der Bahn, andere Fahrzeiten mit Vergünstigungen zu belohnen, tun Pensionäre als Diskriminierung ab.

Lieber nehmen sie für die Fahrt zum Kaffeeplausch am See weiterhin den Zug um 7 Uhr früh zum vollen Fahrpreis und stehen sich dann bis zum verabredeten Zeitpunkt drei Stunden lang die Beine in den Bauch. Hauptsache, das arbeitende Volk glaubt nicht etwa, ein Rentner habe es leicht. Dass solche Leute alle weiteren hier beschriebenen Fälle aus dem Bereich des öffentlichen Verkehrs repräsentieren, muss kaum mehr erwähnt werden.

Vorgeschlagene Mordmethode:
Ausnahmsweise einfach mal abwarten. Über 65-Jährige, die sich bewusst Stress aussetzen wie vollen Zügen und überfüllten Supermärkten, haben keine allzu hohe Lebenserwartung.

Mordmotiv 25:
E-Mail-Nachtelefonierer

«Hey, ich habe dir gerade ein E-Mail geschickt. Hast du es erhalten?»
Niemand hat den Tod mehr verdient als Leute, die zum Telefonhörer greifen und anrufen, um diese Frage zu stellen.

Vorgeschlagene Mordmethode:
Die Frage jedes Mal mit Nein beantworten. Der Nachtelefonierer wird den Hunger-und-Durst-Tod erleiden, während er mit seinem Computer-Support telefoniert.

Mordmotiv 26:
Fleischverpackungsherstellerversager

Wir können zum Mond fliegen, drahtlos Pornografie aus der Luft auf den Computer zaubern, zeitverzögert fernsehen und die Heizung zuhause aus den Ferien per Handy regulieren. Und dennoch schaffen es die Experten in der betreffenden Industrie nicht, eine Fleischverpackung zu konstruieren, die man so öffnen kann, wie es laut Aufschrift gedacht wäre. Die mit Dutzenden von roten Pfeilen, grünen Ausrufezeichen und dem Slogan «Jetzt noch einfacher öffnen!» verzierte Ecke der Verpackung lässt sich in der Mehrheit der Fälle nämlich nicht öffnen. Jedenfalls nicht ohne Zuhilfenahme von Schere, Messer und Bohrmaschine. Ins selbe Kapitel gehören die angeblich wiederverschliessbaren Verpackungen mit Kleberand. Das Zeug klebt überall, aber ganz bestimmt nicht dort, wo es kleben müsste, um die Verpackung wieder luftdicht zu schliessen.

Vorgeschlagene Mordmethode:
Den Verpackungsversager mit Qualitäts-Cellophan luftdicht zur Mumie machen.

Mordmotiv 27:
Morgenshow-Radiomoderatoren

Die angeblich leichtesten Berufe sind die schwierigsten. Jede dahergelaufene Regional-Miss möchte später gerne «ein bisschen schauspielern», und jede Quasselstrippe findet, sie gehöre unbedingt zum Radio. Dass Radiomoderatoren eben gerade nicht einfach sinnlos quasseln, sondern uns in einer gesunden Mitte aus Unterhaltung und Information wohldosiert berieseln sollten, wissen diese Leute leider nicht. Das führt dann dazu, dass Leute, die weder lustig noch spontan noch originell sind, aus dem Äther zu uns sprechen. Und obwohl der Informations- und Unterhaltungsbedarf im hörerstarken Morgenprogramm am grössten ist, werden diese Luschen ausgerechnet dort eingesetzt. Die Morgenmoderatoren sind zu dem Zeitpunkt, zu dem sie das Mikrofon ergreifen, bereits eine Weile wach und wollen uns das auch unbedingt beweisen. Völlig übermotiviert, quietschfidel, aber frei von jedem intelligenten Gedanken quatschen sie uns deshalb voll, während wir uns mit rotgeränderten Augen Richtung Badezimmer vortasten. Die schlimmste Variante dieser Landplage ist die Doppelmoderation: Zwei überkandidelte Morgenshow-Moderatoren, die – weil ihnen jedes Improvisationstalent abgeht – ihre Witze vorgängig abgesprochen haben und nun versuchen, das Ganze spontan klingen zu lassen. Grauenhaft. Natürlich kann man den Sender wechseln. Aber wer das schlaftrunken auf der Fahrt ins Büro tut und dadurch abgelenkt ist, landet mit Sicherheit im Heck des Vaters von Pierin-Paul und Gina-Appletwist (Fall 1). Und den wollten wir doch eigentlich gar nicht kennenlernen.

Vorgeschlagene Mordmethode:
Das Mischpult unter Strom setzen.

Mordmotiv 28:
Hausweinbesteller

Nichts gegen Hauswein. Ich bestelle den auch oft und gern, wenn ich das Weinangebot in einem Restaurant nicht kenne und nicht danebengreifen will. Hausweine sind in aller Regel ungefährlich: Sie treffen den Geschmack der Masse, schlagen nicht ins Extreme aus und sind bezahlbar. Kein Problem damit. Aber unerträglich ist das Pack, das sich zunächst eine Viertelstunde lang wichtig macht mit dem ausschweifenden Studium der Weinkarte, einer Flut von zusätzlichen Fragen ans Personal («Fruchtig? Wie fruchtig? Was heisst das genau? Mehr in Richtung Südfrucht oder eher doch in heimischen Gefilden?») und zusätzlicher Bedenkzeit. Und nach dieser ausschweifenden Phase des Rekognoszierens nehmen sie dann eben doch den Hauswein. Im Grunde könnte es uns ja egal sein, es bedeutet aber, dass das Restaurantpersonal blockiert ist und sich nicht um unsere Wünsche kümmern kann. Und je länger es geht, bis wir bedient werden, desto mehr wächst die Gefahr, dass eine lustige Tischrunde (Fall 2) den Raum betritt. Frage des Tages: Warum gehen wir eigentlich überhaupt noch auswärts essen?

Vorgeschlagene Mordmethode:
Mit ranzigen Korken die Nasenlöcher verschliessen und dann literweise zapfenhaltigen Kochwein einflössen.

Mordmotiv 29:
Juniorenfussballväter

Wenn man es selbst im Leben zu nichts gebracht hat, bleibt einem immer noch eine Chance: Der Nachwuchs könnte ja allenfalls was werden. Weil aber Leute, die selbst nichts erreichen, in der Regel auch miserables Genmaterial weitergeben, wird es damit oft nichts. Hoffen darf man aber bis zuletzt. In einer ersten Phase versuchen es die meisten mit dem Tennisschläger. Ein Talent als Nummer 1 der Weltrangliste: Das verspricht ewige Sorgenfreiheit für die ganze Familie. Die Spreu trennt sich aber rasch vom Weizen bei den ersten Gehversuchen in der Tennishalle. Dann eben doch ein Mannschaftssport, wo man es vielleicht auch zu was bringt, ohne ein Jahrhunderttalent zu sein.

Ehrgeizige Väter wünschen sich oft eine Fussballerkarriere für ihre Söhne. Weil diese zwar gerne rumkicken, es aber am letzten Quäntchen Ehrgeiz mangelt, muss man die undankbare Brut ein bisschen antreiben. Zu beobachten ist das Resultat bei Trainings und Spielen von Juniorenmannschaften. Mit hochrotem Gesicht stapfen Väter der Seitenlinie entlang, brüllen wirre Anweisungen und fordern mehr Leistung unter Androhung härtester Strafen. Um das Unvermögen des eigenen Balgs zu kaschieren, wird auch gerne die Performance anderer Teammitglieder herabgewürdigt, was dann natürlich deren Väter auf den Plan ruft. Schlägereien am Platzrand bieten oft den höheren Unterhaltungswert als das ambitionslose Gekicke. Juniorenspiele sind daher selten ein Genuss für Fussballkenner, aber für psychologische Studien gibt es keinen besseren Ort.

Vorgeschlagene Mordmethode:
Treten ohne Ball. Oft und lange.

Mordmotiv 30:
Daraufzurückkommer

Klar kann man sagen: Wer freiwillig ein Referat besucht, ist selbst schuld. Aber gelegentlich ist man einfach dazu gezwungen, sich einen Vortrag anzuhören. Oder das Thema ist eben wirklich interessant. Manchmal hat man Glück, und der Referent taugt etwas. In anderen Fällen schläft einem das Gesicht ein. Die furchtbarsten Redner sind allerdings diejenigen, die im Verlauf der ersten 30 Minuten ihres Vortrags ein Dutzend Mal ein Thema nur streifen oder einen Begriff kurz verwenden, um dann zu sagen: «Auf diesen Punkt komme ich später noch ausführlicher zu sprechen.» Moment mal: Ist das vielleicht eine Drohung? Und wie soll das sinnvollerweise funktionieren? Werden nach 60 Minuten Referat noch einmal 120 Minuten lang Fussnoten verlesen? Wie soll man einem Vortrag folgen können, der bis in die Hälfte nur aus der Vorankündigung von Dingen besteht, die irgendwann dann vertieft thematisiert werden sollen? Was löst diese Vorankündigung bei den Zuhörern aus, denen schon das Originalreferat ohne Rückkommensanträge viel zu

lang und zu dröge ist? Und vor allem: Eine stichprobenartige
Analyse beweist, dass die meisten «Ich komme darauf zurück»–
Drohungen gar nie eingelöst werden. Viel Lärm um nichts. Und
Geld zurück gibt es übrigens auch keins.

Vorgeschlagene Mordmethode:
An den Marterpfahl binden, sich mit den Worten «Ich komme
darauf zurück» entfernen und dort hängen lassen.

Mordmotiv 31:
1.-Klasse-Vorwurfsvoll-Gucker

Die 1. Klasse in der Bahn ist den Leuten vorbehalten, die bereit
sind, den höheren Ticketpreis zu entrichten. Darüber hinaus ist
der Aufenthalt dort an keine weiteren Kriterien gebunden. Man
kann also, wenn man möchte, im Columbo-Regenmantel oder
einem verfilzten Pullover dort rein sitzen. Man darf sich auch
von Blättern und Beeren aus dem Wald ernähren und unter Brü-
cken wohnen und sich vom Ersparten dann ein Ticket der obers-
ten Klasse gönnen.

Gerade an Tagen, an denen die 1. Klasse gut gefüllt ist, stellt
man aber eine Art Klassenkampf im öffentlichen Verkehr fest. Irgendwelche Businessleute, Jungmanager oder alternde Immobili-
enverwalter fixieren einen mit einem Blick zwischen misstrau-
isch und bösartig, wenn man keinen Smoking trägt. Die Miene
sagt alles: Der in feinen Zwirn gehüllte Erfolgs-Junkie geht davon aus, dass man selbst kein 1.-Klasse-Ticket hat, wenn man in
Jeans und mit dem Hemd über der Hose dort sitzt, keinen Laptop
vor sich stehen hat und nicht unentwegt am Handy klebt. Die
1. Klasse ist für diese Leute offenbar zwingend mit Anzug und
Krawatte verbunden, und wer sich nicht an diesen Standard hält,
ist entweder Schwarzfahrer oder aber jemand, der zwar ein Ti-

cket gelöst hat, moralisch aber kein Recht auf dieses hat. Was tun dagegen? Das 1.-Klasse-Ticket auffällig und von allen Seiten her sichtbar vor sich drapieren, ist furchtbar stillos. Also bleibt nur die Hoffnung auf eine Ticketkontrolle. Erscheint diese in der Tür, angekündigt vom Ruf «Kontrolle!», als wenn es sich um SS-Schergen handeln würde, leuchten die Augen der Superreichen auf. So, jetzt geht's dem Schwarzfahrer an den Kragen, scheinen sie zu denken. Und zückt man dann das richtige Ticket, ist die Enttäuschung schier grenzenlos. Das Kastendenken gibt es eben doch nicht nur in Indien.

Vorgeschlagene Mordmethode:
Dem Snob die höchste Bahnklasse präsentieren, für die es kein Ticket gibt: Vorne an die Lok gefesselt.

Mordmotiv 32:
Zigarettenrauch-Auspuster

Man muss absolut kein missionarischer Nichtraucher sein, um diese Unsitte zu hassen. Da steht ein paffender Zeitgenosse an der Haltestelle, sieht den Bus nahen, saugt am Glimmstengel, um auch noch das letzte Restchen Nikotin-Teer-Gemisch abgekriegt zu bekommen, geniesst den unvergleichlichen Geschmack irgendwo zwischen Mundhöhle und Lunge, wartet, bis sich die Bustür öffnet, steigt ein – und lässt die Rauchwolke raus, sobald sich die Tür hinter ihm geschlossen hat. Jedes Rauchverbot in öffentlichen Verkehrsmitteln wird ad absurdum geführt dank diesen Leuten, denen offenbar jedes bisschen Einfühlungsvermögen abgeht. Der Rauchgehalt in geschlossenen Bussen ist grösser als in jeder Flughaufen-Raucherzone. Es ist eine Frage der Zeit, bis auch die Bodenspucker-Fraktion (das wäre ein Fall für sich) ihren Rotz nicht mehr auf Strassen und Plätzen absondert, sondern ihn so lange im Mund sammelt, bis es sich so richtig lohnt, um die Ladung dann im Innern des Busses loszuwerden. Der Individualverkehr gewinnt eindeutig wieder an Boden. Autofahren mag ungesund sein für die Umwelt. Es ist aber definitiv besser für die eigene Gesundheit, solange man in Bussen auf Spucke ausrutscht und hilflos am Boden liegend eingenebelt wird.

Vorgeschlagene Mordmethode:
Räuchern.

Mordmotiv 33:
Genau-Rechner

Lustige Tischrunden (damit sind wirklich lustige Tischrunden gemeint, nicht solche wie in Mordmotiv 2) sind immer solange lustig, bis es ans Bezahlen geht. Selbst wenn die Truppe aus besten Kumpels oder dick befreundeten Paaren besteht: Es wird immer irgendwelche Exemplare geben, welche die Tischrechnung bis aufs letzte Detail durchgehen wollen, um bloss keine Münze zu viel zu bezahlen. Besonders störend ist das im typisch italienischen Lokal, wo sich Pizza und Pasta in einem engen Preisradius bewegen und man oft zusammen einen Wein und einige Flaschen Wasser ordert. Da ist es sinnvoll, die Rechnung einfach durch Anzahl Leute zu teilen. Das Leben gleicht bekanntlich Ungerechtigkeiten im Verlauf der Jahre aus, also wird auch keiner dran sterben, wenn er nun einen Sechstel eines Tiramisus mitbezahlt, das er nicht gegessen hat. Giesst sich einer ein halbes Dutzend Grappas hinter die Binde, ist es durchaus angezeigt, ihn diese Eigenheit gesondert begleichen zu lassen. Einfacher wäre es allerdings, selbst ebenfalls ein halbes Dutzend Grappas zu kippen. Diese penible Gegenverrechnerei ist jedenfalls purer Geiz und verachtenswert. Das gilt auch für gemeinsame Einkäufe im Ferienhaus und ähnliches. Leute, die Sätze sagen wie «Ich hatte aber diese Woche sicher weniger von den Joghurts als Markus» gehören auf jede Abschussliste. Mit Wonne.

Vorgeschlagene Mordmethode:
Einen grossformatigen Tischrechner quer in den Mund schieben.

Mordmotiv 34:
Topper

Topper sind Leute, die alles, was man selbst so erlebt hat oder zu erzählen weiss, mit Bestimmtheit selbst noch toppen können und die Gesprächsrunde auch sofort darüber informieren. Selbst wenn man einen Bergführer, einen Baseiumper, einen Schachweltmeister und einen Promi-Friseur in der Runde hat, so wird der Topper bereits auf krassere Berge gestiegen und von krasseren Bergen gehüpft sein. Er arbeitet beim Schach auch mit einem bis anhin unbekannten todsicheren Eröffnungszug und kennt ganz Hollywood persönlich. Topper sind Leute, die nichts können, niemanden kennen und von niemandem geliebt werden. Sollten sie auf ihrem Lebensweg mal jemanden gefunden haben, der mit ihrer Art umgehen kann, so hat sich das mit Sicherheit zwei oder drei Jahre später dann erledigt – länger hält keiner einen Topper aus. Belege für ihre Grosstaten können sie natürlich nie vorweisen, lenken von diesem Umstand aber elegant ab, indem sie einfach gleich die nächste Story präsentieren, in deren Mittelpunkt sie stehen. Grösser, besser, cooler, eindrucksvoller, schneller, wichtiger, härter: Der Topper lebt von der Steigerungsform. Deshalb ist es nur konsequent, dass diese Leute in der Regel tatsächlich blöder, hässlicher und unnötiger als der Rest der Menschheit sind.

Vorgeschlagene Mordmethode:
Kidnappen und zwingen, mal schnell eine dieser früher irgend-
wann mal erbrachten Rekordleistungen zu wiederholen.

Mordmotiv 35:
Carpe-diem-Zitierer

Sätze wie «Man sieht nur mit dem Herzen gut, das Wesentliche
ist für die Augen unsichtbar» mögen ja zum Zeitpunkt ihrer Ent-
stehung durchaus originell und irgendwie rührend gewesen sein.
Wer sie heute noch auf seine Hochzeitskarten druckt oder den
kleinen Prinzen im Rahmen eines geselligen Abends zitiert, gehört nicht auf Leute losgelassen. Dasselbe gilt für das ewige
«Carpe diem!», das einem um die Ohren gehauen wird, wenn
man es wagt, mal eine leise Unzufriedenheit mit dem eigenen
Leben anzudeuten. Hätte Robin Williams geahnt, was er der
Welt antut mit seinem Film «Der Club der toten Dichter», so
hätte er die Finger davon gelassen. Wer gerade seine Familie in einer Lawine und seinen Job an die Krise verloren hat, muss gemäss diesen ewigen Carpe-diem-Zitierer demzufolge einfach das
Schöne im Alltag sehen – irgendwelche hässlichen Blumen beispielsweise, die irgendwo einen Weg zwischen zwei Pflasterstei-
nen nach oben gefunden haben. Und schon soll alles wieder okay
sein. Überhaupt gilt es, positiv zu denken, jede Krise als Chance
zu betrachten und den absoluten Totalabsturz ganz einfach als
Gelegenheit für etwas völlig Neues zu nutzen. Was sich natürlich ziemlich einfach sagen lässt, wenn man selbst keinen dieser
Schicksalsschläge verdauen muss. Das Schlimme daran: Diese
Nervsäcke erhalten dauernd Nachschub für ihre mit glasigen
Äuglein vorgetragenen Lebenstipps in Form dieser unsäglichen
Büchlein und Kalender mit Weisheiten für jeden Tag.

Vorgeschlagene Mordmethode:
Wiederholungstäter werden gezwungen, das Gesamtwerk von
Paulo Coelho zu essen.

Mordmotiv 36:
Lateinamerika-Enthusiasten

Irgendwie ist es ja beruhigend, dass es nicht zwingend aufs Ge-
müt schlägt, wenn man in einer Wellblechsiedlung lebt und täglich um ein bisschen Essen kämpfen muss. Denn trotz dieser
widrigen Lebensumstände seien die Menschen in Lateinamerika
oder auch anderen wirtschaftlich arg gebeutelten Ländern in der
südlichen Hemisphäre viel fröhlicher und lebenslustiger als wir,
wird uns immer wieder gepredigt. Sagen tun das allerdings nicht
die direkt betroffenen Lateinamerikaner selbst, sondern kultu-
rell höchst interessierte und offene Zeitgenossen aus unserer di-
rekten Umgebung. Diese haben – genau wie wir – keine existen-
tiellen Sorgen, fliegen aber gerne hin und wieder nach Südamerika,
um aus dieser Bequemlichkeit zu flüchten und mal wieder eine
Prise Demut zu inhalieren. «Pura vida» werde in Brasilien, Chile
und was weiss ich wo sonst noch gepflegt. Beklagt man sich dann
mal über eine Unannehmlichkeit im eigenen Leben – anstehende Herztransplantation, fünf uneheliche Kinder, Steuerfahn-
dung am Hals –, so kriegt man sofort zu hören, man sei undank-
bar und verwöhnt. «Diese Menschen dort unten haben nichts,
gar nichts, und trotzdem lachen und tanzen sie den ganzen Tag
fröhlich und ausgelassen», heisst es dann. Nun ist es schwierig,
den Wahrheitsgehalt dieser Aussage zu überprüfen oder aus der
Distanz den Grund für dieses Permanentgelächter und -getanze
zu eruieren. Aber natürlich hat Zufriedenheit beziehungsweise
Unzufriedenheit immer mit dem Lebensstandard zu tun, den
man führt. Man ist vermutlich tatsächlich schneller zufrieden,

wenn man wenig hat. Und dass der Lebensrhythmus und die täglichen Gewohnheiten anders aussehen, wenn man rund ums Jahr 40 Grad und keine Arbeit hat, leuchtet ein. Der gewünschte Import dieser Dauerfröhlichkeit ist dennoch kein taugliches Rezept. Und auf die Lateinamerika-Enthusiasten, die sich zwei Wochen pro Jahr von der Lebensfreude der Einheimischen anstecken lassen und uns dann gute Ratschläge geben, kann man gut verzichten. Wenn man doch mal Fernweh nach «pura vida» hat, kann man immer noch einen Abstecher in die nächstgelegene Bahnhofsunterführung machen und dort den peruanischen Querflötenquälern zuhören. Die sind übrigens Mordmotiv 36b.

Vorgeschlagene Mordmethode:
Solange mit kritischen Fragen einheizen, bis sie beim nächsten Kolumbien-Urlaub wirklich mal in der übelsten Gegend vorbeischauen und dort auf «pura vida» hoffen.

Mordmotiv 37:
Tragetuch-Missionarinnen

Ganz grundsätzlich: Wer gerade Mutter oder Vater geworden ist, sollte Gespräche mit ebensolchen tunlichst vermeiden. Und das für alle Zeiten. Andere Eltern sind grundsätzlich der Meinung, dass der von ihnen gewählte Weg – egal ob in Erziehung, Ernährung oder bei der Windelentscheidung – der einzig richtige ist und wollen diese frohe Botschaft überall verkünden. Teilt man ihnen dann mit, dass man es anders zu lösen gedenkt als sie, führt das zu massiven Aggressionen. Im Sinn einer groben Regel darf man davon ausgehen, dass Frauen in dieser Beziehung militanter sind als Männer. Und handelt es sich dabei um Frauen, auf die auch Mordmotiv 16 zutrifft, wird es ganz heftig.
Eine besonders furchtbare Gruppe sind die Tragetuch-Missio-

narinnen. Diese sind absolut überzeugt, dass Säuglinge, die statt im Tragetuch mit direktem Körperkontakt einfach schnöde in einem handelsüblichen Kinderwagen transportiert werden, zum Niedergang verdammt sind. Solche Nachkommen werden emotional verkümmern, nie Freunde finden, nie Liebe geben können – und mit Sicherheit den Weg zum organisierten Verbrechen einschlagen. Kreuzt eine Tragtuchträgerin den Weg einer Kinderwagenstosserin, dann könnten Blicke töten. Lässt man sich auf eine Diskussion ein, erfährt man umgehend, was man dem eigenen Kind alles an Unmenschlichkeiten antut. Während man den Ausführungen lauscht, lohnt sich übrigens ein Blick auf das Tragetuch der vorwurfsvollen Anklägerin. Da drin befindet sich mutmasslich ein Neugeborenes, es ist aber in der Regel nicht zu sehen unter dem kunstvoll geschnürten Tuch. Mit einiger Sicherheit ist das Kind dort drin bereits erstickt – weil die Luftzufuhr abgeschnitten ist oder aber, weil es in Fluten von Leinsamen, Sonnenblumenkernen und anderen gesunden Körnern schwimmt, die bestimmt auch noch im Tragetuch befördert werden. Aber was solls, Hauptsache direkter Körperkontakt, nicht wahr?

Vorgeschlagene Mordmethode:
Erwähnen Sie ganz nebenbei, dass der Säugling im Kinderwagen per Kaiserschnitt zur Welt gekommen ist und Sie den Babybrei nicht selbst herstellen, sondern im Billig-Supermarkt kaufen. Die Missionarin wird an akuter Atemnot zu Grunde gehen. Oder kaufen Sie eben doch ein Tragetuch und nützen Sie es auf wirklich sinnvolle Weise – ebenfalls mit Atemnot als Ergebnis.

Mordmotiv 38:
Nicht-Mörder

Bei meinen umfangreichen Recherchen zu diesem ungemein wichtigen Buch, das die Welt verändern wird, habe ich viele Freunde, Bekannte und Verwandte gebeten, mir Inputs zu geben: Was ist so nervig im Alltag, dass man dafür töten könnte? Von den meisten Angefragten habe ich viele gute Hinweise erhalten. Einige Vereinzelte haben sich offenbar sehr schwer getan mit der Aufgabe. Sie haben zwar – durchaus brauchbare – Beispiele geliefert, aber nicht ohne zu betonen, dass es sie zwar nerve, sie aber selbstverständlich nie einen Mord begehen würden – weder in diesem noch in irgendeinem anderen Fall. Damit schaffen es diese braven, angepassten, gesetzestreuen Bürger doch locker selbst in die Liste. Ätsch.

Vorgeschlagene Mordmethode:
Unnötig. Wer seine Aggressionen immer verschluckt, erstickt früher oder später daran.

Mordmotiv 39:
Slipeinlagen-Werbetexter

Eine Frau sein ist herrlich. Wenn alles schief läuft, der Job die Hölle ist, die Familie einem tierisch auf den Wecker geht und der Friseur die Tönung versaut hat – egal! Denn es gibt nichts, was nicht mit der richtigen Slipeinlage wettgemacht werden könnte. Selbst die gesammelten Joint-Vorräte aus einer jamaikanischen Reggae-Wohngemeinschaft können einer Frau kein so befreites, entspanntes Lächeln ins Gesicht zaubern wie die richtige Slipeinlage. Mit einem Mal fällt einem alles so furchtbar leicht. Alle Probleme zerplatzen wie Seifenblasen, die Sinnfrage ist beantwortet, und der ideale Partner wie auch der perfekte Job warten direkt vor der Haustür. Und das alles nur dank der Saugkraft beziehungsweise der Undurchlässigkeit oder was auch immer sonst noch ein Kriterium ist bei Slipeinlagen. Wir Männer haben sowas nicht. Wir sind auf uns allein gestellt. Wir rennen in Boxershorts ohne Accessoires durch die Gegend und fühlen uns unerfüllt. Alles, was uns bleibt, ist dieses wohlige Nervgefühl, das sich einstellt, wenn irgendeine gut erhaltene Mitt-30er-Dame aus dem Bildschirm strahlt und uns mitteilt, dass nichts mehr ist wie früher, seit sie genau diese Slipeinlage benützt. Wir müssen annehmen, dass die Werbung funktioniert, ansonsten würde sie nicht mehr produziert. Fernsehwerbung ist schliesslich teuer. Aber auch Werbetexter können ja so etwas wie Ehre im Leib haben, oder?

Vorgeschlagene Mordmethode:
Die Saugfähigkeit dieser Slipeinlagen anderweitig und direkt am Texter austesten.

Mordmotiv 40:
Krawattenzwangverordner

Am Bankschalter, beim Versicherungstermin, an irgendwelchen Networking-Anlässen: Die Krawatte, dieses Relikt aus alten Zeiten, das nach wie vor völlig sinnfrei und so nötig wie ein Kropf ist, scheint einfach untötbar. Spricht man mit einem wichtigen Vertreter einer dieser Branchen, die nach wie vor auf den Knoten am Hals setzen, hört man immer dieselben Argumente zugunsten des Schlips. Man wolle damit Respekt bezeugen vor der Kundschaft und dieser signalisieren, wie wichtig man sie nehme. Dabei weiss ich als Kunde doch ganz genau, dass der Angestellte am Bankschalter bei 38 Grad im Schatten leidet wie ein Hund.

Der trägt die Krawatte nur, weil das so in seinem Arbeitsvertrag festgehalten ist. Der gute Mann respektiert mich überhaupt nicht, sondern bedient mich, weil das seine Aufgabe ist. Er will mir überhaupt nichts bezeugen, sondern würde noch so gerne in Shorts und T-Shirt dort sitzen. Und dass eine Krawatte in irgendeiner Weise Kompetenz oder Bedeutung ausstrahlt, darf man auch getrost vergessen. Eine Krawatte kaufen kann sich jeder, ebenso den Anzug dazu. Vergessen, den Mist. Macht euch frei, Leute. Also, nicht komplett. Aber um den Hals.

Vorgeschlagene Mordmethode:
Jetzt raten Sie mal.

Mordmotiv 41:
Fisch-an-Bord-Autofahrer

Vertreter von Mordmotiv 1 – genau, die mit dem Kevin-an-Bord-Kleber – können sich ja allenfalls noch damit rechtfertigen, dass Elternliebe öfters mal den Verstand aussetzen lässt. Richtig widerlich sind diese stilisierten Fische auf Autohecks. Die Zeugen Jehovas und die guten alten Mormonen haben ja wenigstens noch so viel Stil und Rückgrat, dass sie an der Tür klingeln und einem in die Augen schauen, wenn sie ihre Botschaft verkünden wollen. Diese christlichen Strassenmissionare hingegen verbreiten Gottes Wort beziehungsweise die Information, dass sie auf dieses hören, mal eben an Kreuzungen und vor Ampeln, aus dem Blechkäfig heraus, der sie umgibt. Feige! Und vor allem: Was soll das bringen? Glauben die Leute vielleicht, ich fahre ihnen nach bis zu ihnen nach Hause, um sie dann nach der Adresse ihrer Freikirche zu fragen? Oder denken sie, dass jemand beim Anblick dieses läppischen Fisch-Symbols schlagartig bekehrt wird? Der Fisch war ursprünglich – vor 2000 Jahren oder so – übrigens ein geheimes Erkennungszeichen, das nötig geworden war aufgrund der Christenverfolgung. Allzu verfolgt scheinen die Brüder und Schwestern heute nicht mehr zu sein, wenn sie ihrem Glauben mitten im Strassenverkehr Ausdruck verleihen können. Es gibt da diesen wunderschönen Vergleich: Die Religion ist wie ein Penis. Es ist völlig in Ordnung, einen zu haben, und man darf auch stolz auf ihn sein – aber das ist noch lange kein Grund, ihn in der Öffentlichkeit auszupacken und damit herumzuwedeln.

Vorgeschlagene Mordmethode:
Unsachgemäss zubereiteten Kugelfisch verabreichen.

Mordmotiv 42:
Kleingeldschnorrer

Bettler in Fussgängerzonen könnten von den grossen Haien in der Weltwirtschaft einiges lernen. Klotzen statt kleckern. Keine falsche Bescheidenheit. Gnadenloses Selbstbewusstsein an den Tag legen, in knapper Distanz zur brutalen Arroganz. So bringt man es zu etwas. Was also soll dieses «Haben Sie mir ein bisschen Kleingeld?» Die Nummer ist zudem völlig ausgelutscht, das wird man an jeder Ecke gefragt. Wo ist da der USP, die sogenannte «unique selling proposition», das Alleinstellungsmerkmal, die Differenzierung zur Konkurrenz? Wenn jeder Schnorrer auf der Strasse einfach mal – je nach Land – einen Euro oder Franken möchte, wie soll ich als Konsument da das Angebot unterscheiden? Und vor allem hat ja der durchschnittliche edle Spender nach zwei Strassenzügen kein Kleingeld mehr bei sich. Also: Taktik ändern, liebe Schnorrer. Zur Abwechslung mal offensiv um die grösste Note, die einer bei sich hat, bitten – oder gleich den ganzen Inhalt der Brieftasche fordern. Den verdutzten Passanten erklären, dass man seit einem halben Jahr dasselbe Smartphone nutzt und das doch einfach nicht sein darf, da das neue Modell bereits auf dem Markt ist. Der älteren Dame mitteilen, dass sich der biblische «Zehnte», den man abgeben soll, auch auf Strassenschnorrer bezieht und ihr einen Einzahlungsschein überreichen. Bis es soweit ist, dass moderne Marketingstrategien Einzug halten, bleibt aber doch festzuhalten: Kleingeldbettler, die angeblich dringend auf den Zug oder den Bus müssen, nerven. Wer hat schon jemals einen von denen im Zug oder Bus gesehen?

Vorgeschlagene Mordmethode:
Nichts geben. Nie.

Mordmotiv 43:
Ewige Nostalgiker

Dass früher alles besser war, wissen wir. Die Frage ist nun, welches Früher gemeint ist. Früher als jetzt? Oder früher als früher als jetzt? Oder sogar noch früher? Wie weit zurück sollen wir die Vergleichsspanne legen? Es kommt der Moment, wo wir neidlos anerkennen müssen, dass es irgendwann wirklich ultimativ besser war – nämlich damals, als es uns noch gar nicht gab. Aber wem soll diese Erkenntnis etwas bringen? Als philosophischer Diskurs mag das Ganze ja noch seinen Charme haben. Im Alltag haben wir es aber eher mit ewigen Nostalgikern zu tun, die beim Anblick jedes Jugendlichen auf der Strasse, jeder Baustelle, jeder Zeitungsschlagzeile und jedes Sperrmüllhaufens ungefragt erklären, dass es früher besser war und es mittlerweile schon wirklich ganz und gar nicht mehr schön sei. Und vor allem: Dass es immer schlimmer wird. Was wiederum den Schluss zulässt, dass in 20 Jahren von einem Früher geschwärmt werden wird, das damals – als dieses Früher noch Gegenwart war – als absolut furchtbar empfunden wurde. Alles unklar? Oder ein bisschen schwindlig? Wenigstens werden in den bewussten 20 Jahren die meisten, die heute von früher schwärmen, nicht mehr unter uns weilen. Tröstlich, irgendwie.

Vorgeschlagene Mordmethode:
Wie immer, wenn es um Senioren geht: Abwarten.

Mordmotiv 44:
Verhinderte Trucker

Das Automobil, soviel steht fest, liefert viele Mordmotive. Zu den Hassobjekten gehören auch verhinderte Trucker, die – aus welchen Gründen auch immer – nicht in einem Koloss aus Stahl über den Highway donnern, sondern in einem Fiat Punto durch die Agglomeration holpern. Doch das Trucker-Blut pulsiert in ihnen, und irgendwo muss diese innere Berufung ihren Niederschlag finden. Schritt 1 ist eine Namenstafel auf dem Armaturenbrett, gut sichtbar durch die Windschutzscheibe. So erfahren wir beim Blick in den Rückspiegel, dass hinter uns ein gewisser Heinz in der Kolonne steht. Hallo Heinz! Heinz mag Cowboyhüte, und er trägt auch jetzt einen, mitten im Auto, obschon er das Dachfenster öffnen muss, damit er mit dem Ding im beengten Wageninnern Platz hat. Heinz ist offenbar auch ein fanatischer Spieler. Davon zeugen die überdimensionalen Stoffwürfel, die vom Innenrückspiegel herunterhängen und den grössten Teil der Sicht durch die Frontscheibe blockieren. Die Würfel sollen wohl Glück bringen, und das braucht Heinz auch, da er ja nicht mehr zur Scheibe raus sieht. An der Autoantenne hängen ganze Wildbestand-Überreste, das Heck ist übersät mit Aufklebern, die von den illustren Ortschaften zeugen, an denen der verhinderte Trucker schon war: Eben all die Orte in einem Radius von 25 Kilometern rund um sein Heimatdorf. Und öffnet der Mann ein

Fenster, kriegt man mit, was er im Radio gerne hört. Es ist ein Medley aus erfrischend einfachen Melodien, deren wichtigste Textbausteine «Highway», «Freedom», «Lonely» und «Highway» sind – oder hatten wir das schon einmal?

Ach ja: Natürlich trägt Heinz Schnurrbart oder Vollbart. Nicht wahr, Heinz? Keep on rollin', alter Junge!

Vorgeschlagene Mordmethode:
Wegweiser mit der Aufschrift «Route 66» anbringen, der direkt in eine Schlucht führt.

Mordmotiv 45:
Literaturexperten

Diese Spezies gibt es in Profi- und Laienausführung. Was schlimmer ist, bleibt dem persönlichen Empfinden überlassen. Die Profis sitzen in einer Gesprächsrunde vor TV-Kameras, um – weitgehend unter Ausschluss der gebührenzahlenden Öffentlichkeit – über Bücher zu sprechen, die ebenfalls niemand liest. Im Zentrum stehen aber nicht die Bücher und deren Autoren, sondern sie selbst, die Literaturexperten. Da gilt die Faustregel: Bloss nichts sagen, was ein normaler Mann von der Strasse allenfalls noch kapieren könnte. Also wird in unendlich vielen, unendlich komplizierten und gewundenen Sätzen gesagt, ob ein Buch gut oder schlecht ist. Das in Kombination mit einer in Falten geworfenen Denkerstirn und theatralischen Gesten, begleitet von höhnisch-herablassendem Lachen, sobald ein anderer Experte eine entgegengesetzte Meinung äussert.

Die Laien wiederum sind diejenigen, die auf Facebook und anderen öffentlichen Kanälen dem geneigten Freundeskreis erklären, das Werk von Stephen King sei literarisch recht schlicht, und Joanne Rowling werde sowieso überschätzt. Und das aus dem

Mund von Leuten, deren letztes literarisches Erfolgserlebnis in einer genügenden Aufsatznote bestand. Ganz nach dem Motto: Wenn sich etwas gut verkauft, kann es ja nicht gut sein. Denn die Masse hat ja bekanntlich keine Ahnung. Fall 45 wurde übrigens natürlich nur in diese Sammlung aufgenommen in der leisen Hoffnung, einer dieser Literaturclubs werde auch dieses Buch besprechen – und alle 14 TV-Zuschauer kaufen sich danach ein Exemplar.

Vorgeschlagene Mordmethode:
Unter dem Gesamtwerk von Stephen King begraben und einige Harry-Potter-Bände zum Beschweren auflegen.

Mordmotiv 46:
Verschwörungstheoretiker

Wir alle wissen es: George Bush hat die Twin Towers persönlich zum Einsturz gebracht, Elvis lebt noch immer, die Amis waren gar nie auf dem Mond, und die Illuminati haben die Welt sowieso schon lange unter Kontrolle. Egal, was geschieht, es gibt immer eine Gegenthese zur offiziellen Auslegeordnung. Die ist in aller Regel extrem abenteuerlich und wird durch nichts gestützt, abgesehen von geschickt zusammengeschnipselten Youtube-Filmen, die rein gar nichts beweisen, aber einfach einen Haufen Fragezeichen über alles streuen. In Zeiten der Sozialen Medien verbreiten sich Verschwörungstheorien rasant. Sie sind in aller Regel sehr viel spannender als die Wahrheit, und überhaupt ist es doch recht knackig, wenn alles eigentlich ganz anders ist, als wir denken. Lustig daran: Die Verschwörungstheoretiker hinterfragen jeden Beleg, den man ihnen serviert, halten es aber nicht für notwendig, ihre eigenen Quellen zu hinterfragen. Berichten alle bedeutenden Online-Newsportale der Welt übereinstimmend über ein Ereignis, verweisen die Verschwörer auf gegenteilige Erkenntnisse in irgendeinem unbekannten Blog, von dem kein Mensch weiss, wer ihn betreibt – und das ist für sie dann die absolut topseriöse Quelle, die beweist, dass alles ganz anders war. Dass der gesunde Menschenverstand förmlich aufschreit, wenn solche Theorien laut werden, stört die Verbreiter nicht, im Gegenteil. Je mehr Leute eine Verschwörungstheorie als völligen Unsinn abtun, umso glaubwürdiger wird sie in den Augen derer, die daran glauben wollen. Zum Beispiel 9/11: Die Vorstellung, die Vereinigten Staaten von Amerika könnten einen Angriff auf ihr Land selbst organisiert haben, ohne dass irgendwo durch ein Leck Beweise dafür nach aussen dringen, ist absolut absurd. Die benötigte Logistik würde tausende von Leuten involvieren, von denen längst einer geredet hätte. Aber gerade das Ausbleiben echter Beweise ist für Verschwörungsfans der klare Beweis: Hier ist was faul. Naja, stimmt ja auch. Allerdings an ganz anderer Stelle.

Vorgeschlagene Mordmethode:
Denkbar einfach. Den Leuten eine Verschwörungsthese einreden, die so umfassend ist, dass ihnen nur noch der Freitod bleibt.

Mordmotiv 47:
Gefängnisbefreier

Freiheit für Gumbo! Jetzt, sofort! Denn er sitzt völlig zu Unrecht hinter Gittern, verurteilt von einem korrupten Regime. Die Beweise für seine Unschuld sind erdrückend, er ist ein politischer Gefangener! Free Gumbo – now!

Wer Gumbo ist? Keine Ahnung. Aber das spielt doch keine Rolle. In Verbindung mit Mordmotiv 16 und 46 ist doch sonnenklar, dass dauernd Unschuldige hinter Gitter wandern. Je offensichtlicher die Schuld ist, desto grösser die Zweifel daran bei der

Gefängnisbefreier-Fraktion. Während Staatsanwälte und Richter Berge von Akten gewälzt haben, reicht diesen guten Seelen ein schneller Blick auf ein Foto des Verurteilten sowie eine kurze Notiz von Amnesty International sowie ein Beitrag auf irgendeinem Blog (siehe wiederum Mordmotiv 46), um völlig zweifelsfrei zu wissen: Dieser Mann ist Opfer eines Justizskandals. Deshalb sammelt man Unterschriften für die Freilassung, direkt vor der eigenen Haustür, selbst wenn sich der Justizskandal tausende von Flugmeilen entfernt abspielt. Diesen flammenden Aufruf schickt man dann per E-Mail an den Justizminister des betreffenden Landes, der sich bestimmt freut, zwischen all den Penisverlängerungs- und Millionentransfer-Angeboten auch mal was anderes zu kriegen. Eine besonders schöne Spielart sind Leute, die glauben, mit Transparenten an Fassaden in ihrer Heimatstadt dafür sorgen zu können, dass in Russland oder China ein Strafprozess eine Wende nimmt. Und fast schon rührend sind die unzähligen meist mittelalterlichen Damen, die gerne einen Todeszellenkandidaten ehelichen würden, weil sie glauben, die gute Seite ihn ihm erkannt zu haben. Nun ja, wir alle haben unsere guten und schlechten Seiten. Aber dass wir zuerst eine ganze Familie massakrieren müssen, um bei den alleinstehenden Frauen endlich im Rennen zu sein, das hat uns keiner gesagt.

Vorgeschlagene Mordmethode:
Dafür sorgen, dass Gumbo wirklich freikommt und dem Gefängnisbefreier ein Date mit ihm organisieren. Gumbo erledigt dann den Rest.

Mordmotiv 48:
Unwichtige Leute

Natürlich ist es überaus subjektiv, wer auf diesem Planeten wichtig ist und wer nicht. Es gibt aber durchaus objektive Kriterien. Kann jemand mit seinen Entscheidungen auf einen Schlag den Lebensweg unzähliger Menschen beeinflussen, hat dieser Jemand eine grössere Bedeutung als einer, der unbemerkt von der Menge in seiner Dachstockkammer haust. Drückt der amerikanische Präsident auf einen Knopf, schreit die Welt auf. Drücke ich auf einen Knopf, blubbert maximal die Spülung in einem öffentlichen Klo. Das ist nun mal die Wahrheit, so schmerzhaft sie sein mag. Allerdings sehen das nicht alle Leute ein. Seltsamerweise gilt: Je unwichtiger ein Mensch für den Kosmos ist, desto bedeutender hält er sich meist selbst. Davon zeugen lautstark gehaltene Handytelefonate (Mordmotiv 13), eine grosse Klappe in einer Tischrunde (Mordmotiv 2), unverschämte Forderungen in vollen Restaurants («Für mich werden Sie ja wohl noch einen Tisch haben!») und so weiter. Auch die Körperhaltung dieser Zeitgenossen verrät: Da glaubt einer, eine echte Nummer zu sein. Dabei würde es kein Mensch merken, wenn er in einer Erdspalte verschwinden würde. Kein Mikromü würde sich verändern im Lauf der Gezeiten. Das ist ja auch nicht weiter schlimm. Die meisten von uns sind völlig unwichtig mit Blick auf das grosse Ganze, der Autor mit eingenommen. Aber wir verhalten uns wenigstens entsprechend.

Vorgeschlagene Mordmethode:
Diese Erdspalte hört sich doch gar nicht mal schlecht an, oder?

Mordmotiv 49:
Deppen-Apostrophler

«Bitte kein Geschirr in's Büro mitnehmen», «feine Tortilla's», «Das sind unsere aktuellen Highlight's», «Guter Service für Lady's und Gentlemen», «Info's zur Zahngesundheit», «Bert's Näh-Shop»... Nein. Nein. Nein. Diskussionslos: Nein. Hier geht es nicht um Rechtschreibung. Als Buchautor sollte man es sowieso tunlichst vermeiden, Rechtschreibfehler zu bekritteln, denn irgendein Fetischist wird auch in diesem Werk hier einen finden – oder mehrere. Einige Leute haben es mit Zahlen, andere mit Buchstaben, das ist völlig in Ordnung. Wenn aber jemand hingeht und eine aufwändige Tafel herstellen lässt für seinen Laden oder sein Auto teuer beschriftet und dann einfach Striche hinpflastert, die nicht nur überflüssig, sondern schlicht falsch sind, dann ist das nicht mehr nachvollziehbar. Zumal es das Problem früher nicht gegeben hat. Zu verdanken ist das vermutlich dem Einzug von Anglizismen in unsere Sprache. Ja, die englische Sprache braucht den Apostroph, und zwar, wenn im Genitiv ein «s» angehängt wird. Dann ist es eben «Tom's sister». Aber das hat weder mit unseren feinen Tortillas noch mit Berts Näh-Shop etwas zu tun. Und auch in der englischen Sprache gehört nicht einfach überall ein Apostroph hin, es gibt keine «Event's». Dass selbst grosse Ladenketten nicht in der Lage sind, den Deppenapostroph aus ihren Regalbeschriftungen und Broschüren zu verbannen, lässt für die Zukunft nichts Gutes ahnen. Verzeihung: Nicht's Gute's.

Vorgeschlagene Mordmethode:
Egal wie. Einfach langsam und grausam. Denn wir haben sie gewarnt, diese Leute. Unzählige Male!

Mordmotiv 50:
Fahrradfahrer

Die moralische Überlegenheit ist eines der grossen Übel unserer Zeit. Wer Fahrrad fährt, produziert keine Schadstoffe und ist deshalb einer der Guten. Deshalb können diese Leute auch auf dem Gehsteig einer Oma über die Füsse fahren, Lichtsignale ignorieren, nebeneinander herfahren und so ganze Alpenpässe blockieren und so weiter. Kritik aus dem geöffneten Autofenster kratzt einen Fahrradfahrer nicht. Denn schliesslich rettet er ja gerade das Klima, was soll er sich vom verantwortungslosen Lenker einer Dreckschleuder, die unsere Welt zerstört, auch sagen lassen? Übrigens ist für Nachwuchs leider gesorgt. Radfahrer dieser Kragenweite befördern gerne ihren Nachwuchs im Kindersitz auf dem Drahtesel und schulen diesen anhand praktischer Ereignisse gleich fürs Leben. Autofahrer darf man ungestraft selbst mit den schlimmsten Pfui-Wörtern beschiessen, und auf der Strasse ist alles erlaubt, wenn man ohne Motor unterwegs ist.

Vorgeschlagene Mordmethode:
Fahrradkette zweckentfremden. Schmutzig, aber effektiv.

Mordmotiv 51:
Luxuskarrenleaser

Liebe Freunde, wir sind nicht von gestern und wissen: Dank Leasing kann sich heute jeder, der nicht gerade ohne feste Anschrift unter einer Brücke haust, ein tolles Auto leisten. Wobei der Ausdruck falsch gewählt ist. Leisten können sich den Spass viele eigentlich nicht. Aber eine Weile lang so tun, als ob, dafür reicht es. Wenn Ihr also nach Beifall heischend die Hauptachse durch die Innenstadt hindurch rauf und runter fährt, immer gierig nach einem neidischen Blick Ausschau haltend, dann lasst es Euch gesagt sein: Wenn schon, dann gehört unsere Bewunderung der Karre. Und nicht Euch. Und eigentlich bewundern wir uns selbst fast noch mehr. Uns, die wir es nicht nötig haben, den letzten Groschen vom Monatsgehalt abzuzwacken für ein Auto, das uns hin und wieder einige Sekunden das Gefühl gibt, jemand zu sein – bevor uns wieder die Realität einholt. Klar?

Vorgeschlagene Mordmethode:
Gutschein für eine Ferrari-Miete in den Briefkasten werfen und berechtigterweise darauf hoffen, dass der Leaser mit dem Wagen nicht umgehen kann.

Mordmotiv 52:
Unvorbereitete Handwerker

Das Klo ist kaputt. Irgendwie will das Wasser nicht mehr weichen. Statt zu warten, bis die Schüssel voll ist und dann dem Goldfisch dort ein neues Zuhause geben, ruft man einen Handwerker an. Einen, der spezialisiert ist auf Klos und Bäder. Macht Sinn, oder? Wird eine teure Sache, aber was will man tun? Der Handwerker fährt an, inspiziert die Sache, wirft prüfende Blicke auf alle Klo-Bestandteile und verkündet dann das, was man selber schon irgendwie erahnt hat: «Das Wasser läuft nicht mehr ab.» Ach, wirklich? Na sowas. Aber immerhin ist das Problem lösbar. Und der Handwerker findet darüber hinaus noch einen undichten Dichtungsring (der dann irgendwie auch gar kein Dichtungsring mehr ist), der bald Probleme machen dürfte. Der muss ersetzt werden. Das ist allerdings nicht sofort möglich. Der Handwerker muss zuerst zurück in seine Firma fahren, denn er hat keinen Klodichtungsring dabei. Die Rechnung wird entsprechend höher ausfallen, denn es kommen zusätzliche Fahrten und der Zeitverlust dazu. Nur: Was genau hat der Mann denn in seinem Kleinbus, wenn nicht all das, was an einem Klo kaputtgehen kann? Ist ein Dichtungsring so was Exotisches im Leben eines Sanitärinstallateurs? Beispiele dieser Art gibt es haufenweise. Ein Wunder eigentlich, dass der Kaminfeger nach Inspektion des Kamins nicht erklärt, er müsse zuerst zuhause einen Besen holen, da gebe es einiges zu fegen. Liebe Handwerker, wenn Ihr Hausbesuche macht, dann bringt doch bitte das Benötigte mit. Die Rechnung stellen könnt Ihr ja jeweils auch im ersten Anlauf.

Vorgeschlagene Mordmethode:
Diese Dinger, mit denen man verstopfte Abflüsse wieder frei machen kann, diese überdimensionalen Saugnäpfe, wie heissen die noch mal? Jedenfalls lässt sich damit sicher so einiges aussaugen, was man zum Leben braucht.

Mordmotiv 53:
Columbo-Nachbarn

Wer den Müll nicht am dafür bestimmten Tag rausstellt, seine Schuhe statt in der Wohnung kurz mal im Treppenhaus deponiert oder diese grosse Kartonkiste vor statt im Kellerabteil zwischenlagert, wird ganz schnell seine Nachbarn kennenlernen. Beziehungsweise mindestens einen. Den nämlich, der sich – mit oder ohne offiziellen Auftrag dafür – als Mehrfamilienhaus-Sheriff versteht. In aller Regel sind das Leute, die Zeit ihres Lebens nie echten Einfluss auf der Welten Lauf hatten und zuhause unter dem Pantoffel sind. Was gibt es da Schöneres, als sich auf die Lauer zu legen und erbarmungslos zuzuschlagen, sobald ein anderer Mieter irgendeine Regel bricht? Solche Exemplare entblöden sich nicht einmal, Müllsäcke zu durchkämmen, um Hinweise auf die Urheberschaft zu finden. Man kann sich die kindische Freude dieser Hosentaschen-Detektive richtig vorstellen, wenn sie einen Briefumschlag mit einem Namen und einer Adresse vorfinden. Das Problem scheint weit verbreitet, in Internetforen wird munter über Gegenmassnahmen diskutiert. Volle Windeln oder gebrauchte Tampons direkt und nicht etwa in einem Plastiksäcklein verstaut zuoberst in den Müllsack zu legen, gehört dabei noch zu den netteren Massnahmen.

Vorgeschlagene Mordmethode:
Quizfrage: Wie viele Müllsäcke werden benötigt, um die fein säuberlich zerhackten Gliedmassen plus Torso eines verhinderten Hauswarts zu beseitigen?

Mordmotiv 54:
Lift-Versager

Die Lifttür öffnet sich, ein Gesicht glotzt in die Kabine, aus der kein Mensch aussteigen will. Die Frage, die nun von draussen kommt, ist so häufig wie dämlich: «Geht der rauf oder runter?» Nun, in modernen Liften lässt sich diese Frage relativ einfach beantworten. Zum einen wird die Fahrtrichtung draussen neben und über der Tür per Lämpchen angezeigt, zum anderen hat der potenzielle Fahrgast draussen ja den Knopf seiner Wahl gedrückt, und der Lift hält nur, wenn sein Wunsch mit dieser Fahrt erfüllt werden kann – rauf oder runter. Man ist versucht zu sagen: Klappe halten und einsteigen!

Auch sehr schön: Leute, die nach dem Zusteigen in den Lift trotz exakter Beschriftung einfach mal zwei oder drei Knöpfe drücken, um das richtige Stockwerk bloss nicht zu verpassen. Meistens sind das diejenigen, die sich zuvor in allerletzter Sekunde in den Lift geworfen haben, der eigentlich schon fast in Fahrt war. Man ist versucht, nachzuschauen, ob es draussen brennt, wenn man Zeuge dieser Hektik wird. Der Stress setzt sich in der Liftkabine fort, wenn der Hektiker den Knopf wie wild betätigt, mit dem sich die Tür manuell schliessen lässt – was sie nach wenigen Sekundenbruchteilen ohnehin ganz von selbst macht. Ein fleissiger Zeitgenosse hat sich einmal die Arbeit gemacht und ausgerechnet, dass einer, der in seinem Büroalltag dank dieser Hektik bei jeder Liftfahrt eine Mikrosekunde rausholt, bis zur Pension volle acht Sekunden Lebenszeit rausschinden kann. Na, lohnt sich doch.

Vorgeschlagene Mordmethode:
Wenn Sie wirklich nicht drauf kommen, wie frenetisch-hektische Liftbesteiger zu Tode befördert werden können, ist Ihnen nicht mehr zu helfen.

Mordmotiv 55:
Antiautoritäts-Showmaster

Wie Herr und Frau X ihren Nachwuchs erziehen, kann uns denkbar egal sein. Selbst wenn daraus verzogene Rotzlöffel resultieren: Was kümmert es uns? Allerdings kreuzen sich vielleicht dann und wann die Wege, und dann wäre es schön, wenn man nicht mit dem Resultat einer miserablen, meist antiautoritären Erziehung konfrontiert würde. Aber selbst wenn: Der freche Balg, der einem im Einkaufscenter soeben auf den Fuss gestanden ist und dann noch auf die Hose gerotzt hat, wird nun ja wohl von Frau Mama zur Rechenschaft gezogen, oder? – Fehlanzeige. Als Opfer der frühkindlichen Gewaltspirale wird man nun Zeuge davon, wie moderne Mamas und Papas mit solchen Fällen umgehen. Mit Engelszungen wird den lieblichen Kleinen erklärt, dass man so etwas im Normalfall eher nicht macht, wenn es sich vermeiden lässt. Es wird nun aber keine Strafe absetzen, da es viel wichtiger ist, zuhause gemeinsam darüber zu reflektieren, wie es zu diesem Zwischenfall kommen konnte, in entspannter Atmosphäre und nach dem Kochen des Lieblingsmenüs des Sprösslings natürlich. Während man selbst fassungslos auf die versauten Hosen und den schmerzenden Fuss starrt, darf man sich dann vielleicht auch noch anhören, dass da doch auch ein Stück weit eine Provokation an die Adresse des Kindes im Spiel gewesen sei. Dieses würde niemals von sich aus zu solchen Methoden greifen. Der Junior versteht kein Wort von dem, was gesagt wird, und seinen geblähten Wangen an sammelt er bereits die nächste Ladung Rotz. Was bleibt einem als normal erzogener Zeitgenosse anderes übrig, als die Flucht zu ergreifen?

Vorgeschlagene Mordmethode:
Zeigen Sie der Mutter oder dem Vater, was die antiautoritäre Erziehung bei Ihnen angerichtet hat: Sie haben als Ergebnis nämlich weder eine Hemmschwelle noch ein Gewissen.

Mordmotiv 56:
Chinarestaurant-Bedienung

Was ist eigentlich aus dem guten alten Bedienungspersonal von früher geworden? Diese Kellner, die einen entweder geflissentlich übersehen, dauernd das Falsche bringen oder einen behandeln wie den letzten Dreck? Manchmal wünscht man sich die regelrecht zurück. Beispielsweise nach einem Besuch im China-Restaurant. Diese absolute Unterwürfigkeit, die überbordende Freundlichkeit, die Demut und das Verständnis für jeden Wunsch und jede Kritik – das hält doch kein Mensch aus. Da würde man sich so ein richtig deftiges Widerwort, eine Gegenwehr oder sonst eine menschliche Regung direkt mal wünschen. Aber nein, der europäische Gast kann sich benehmen wie die Axt im

Wald, damit lockt man Chinesen nicht aus ihrer Reserve. Egal, wie mies drauf die Kunden sind, wie ungerechtfertigt die Beschwerde an der Küche ist: Stoische Ruhe und ein Dauergrinsen sind die Antwort, als hätte der Dalai Lama persönlich das Personal rekrutiert. Was sogar möglich ist. Beim Tibeter sieht es nämlich nicht anders aus. Beim Japaner auch nicht. Wer wieder mal so richtig schlecht behandelt werden will, muss direkt ein indisches Restaurant suchen. Und wer will schon dauernd Curry essen?

Vorgeschlagene Mordmethode:
Mit den eigenen Waffen schlagen und zurücklächeln. Früher oder später muss das den typischen Chinesen in den Wahnsinn treiben.

Mordmotiv 57:
Vorzimmerdrachen

Die Arbeit von Sekretärinnen basiert auf einem verhängnisvollen Gegensatz: Die Damen (ja, Verzeihung, es sind nun einmal in aller Regel Damen) haben keine direkte Entscheidungsbefugnis, wissen aber alles – vom Lauf der Geschäfte über die anstehende Kündigungswelle bis zu den persönlichen Vorlieben des Chefs. Das verleiht Vorzimmerdamen eine Art inoffizielle Macht, die sie auch gerne ausspielen. Auf den vier oder fünf Quadratmetern ihres Herrschaftsgebiets regieren sie gnadenlos. Das merkt man auch als Anrufer. Die überflüssigste und unverschämteste Frage ist dieses «Um was geht es?», wenn man mit dem Chef verbunden werden will. Da könnte der UNO-Generalsekretär beim Inhaber eines Röhrenreinigungsdienstes anrufen, er müsste zuerst nachweisen, dass sein Anruf gerechtfertigt ist. Was genau soll eine Sekretärin mit der Information darüber, um was es geht, eigentlich anfangen? Und dann der Unterton: Irgendwo zwischen gelangweilt und erbost darüber, dass man sich überhaupt erfrecht, anzurufen. Die Versuchung ist gross, einem solchen Vorzimmerdrachen einfach mal frei heraus zehn Minuten lang in jedem Detail den Grund des Anrufs zu erklären – inklusive Vorgeschichte und möglichst vielen Fachbegriffen. Und dann die Bitte nachschieben, das doch ihrem Chef exakt so wiederzugeben, damit man selbst gar nicht mehr mit ihm sprechen muss. Und kurz vor dem Aufhängen klarstellen, dass von der korrekten Wiedergabe der Informationen das Heil der gesamten Firma abhängt. Irgendjemand muss das mal tun, um dem Heer der Drachen Einhalt zu gebieten. Ach ja, Hauswarte sind oft auch vom Vorzimmerdrachen-Syndrom betroffen. Ihr Herrschaftsgebiet ist ebenfalls beschränkt, und umso entschlossener versuchen sie, auf diesem ihr Regime gnadenlos durchzusetzen.

Vorgeschlagene Mordmethode:
Direkt vorbeigehen, der Sekretärin die Nagelfeile entreissen und mit dieser nachschauen, was sich dort befindet, wo bei anderen Leuten ein Herz schlägt.

Mordmotiv 58:
Notlagenausnützer

Am Skilift, im Sessellift, im Flugzeug: Gelegentlich ist man seiner Situation und seiner Umwelt einfach gnadenlos ausgeliefert. Das nützen gewisse Leute aus. Endlich hört ihnen mal einer zu! Das ist doch die Gelegenheit, einschneidende biografische Ereignisse wiederzugeben («Gestern habe ich ein Glas Milch verschüttet»), Informationen über das allgemeine Befinden zu teilen («Die Furunkel platzen nur, wenn ich zu lange sitze») oder Einblicke in die politische Haltung zu gewähren («Klar hatte Hitler auch seine schlechten Seiten, aber andererseits...»). Es gibt in diesen Fällen nur zwei Möglichkeiten: Auf Durchzug schalten (innerlich oder offensichtlich durch Einsatz von Kopfhörern) oder aber den aufgezwungenen Nachbarn zu unterbrechen und ihn zu übertrumpfen beziehungsweise durch völlige Hingabe an seine Themen zu verwirren. Erkundigen Sie sich nach den genauen Umständen, unter denen das Glas Milch verschüttet wurde und führen Sie aus, dass Sie froh wären um ein paar Furunkel – die sind wenigstens nicht so massiv ansteckend wie das, was SIE haben. Und was Hitler angeht: Fragen Sie erstaunt nach, welche schlechten Seiten denn der gehabt habe, das sei Ihnen völlig neu.

Vorgeschlagene Mordmethode:
Am Skilift und im Sessellift ergeben sich die diskreten Möglichkeiten von allein. Im Flugzeug: Helfen Sie Ihrem Nachbarn zu Trainingszwecken in die Schwimmweste, ziehen Sie diese entschlossen an der falschen Stelle luftdicht zusammen und schieben Sie sicherheitshalber noch die Trillerpfeife in den Rachen.

Mordmotiv 59:
Entrüster

Bei Diskussionen in Gruppen, in denen man nicht jeden Anwesenden bis ins Detail kennt, empfiehlt es sich, stets ernst zu bleiben und die humoristische Ader zu unterdrücken. Es gibt Leute, die verstehen eine lockere Bemerkung im Scherz nicht mal, wenn man eine Tafel mit der Aufschrift «Achtung, Sarkasmus!» hochhält. Eine flüchtig hingeworfene Pointe in einer Debatte über Randgruppen, andere Ethnien, Tiere oder Kinder führt in solchen Kreisen gerne zu tiefster Erschütterung. Humorfreiheit ist weiter verbreitet, als man denkt. Und für viele Leute sind gewisse Themen bis in alle Zeiten tabu – und Sie dann als Rassist, Unmensch, Kolonialist oder alles zusammen verschrien. Leute, die keinen Humor haben und Sarkasmus nicht von Ernsthaftigkeit unterscheiden können, lieben es, sich effektvoll zu entrüsten. Meist sind es Leute, die den ganzen Tag verzweifelt versuchen, sich an nichts zu erfreuen, denn solange irgendwo die Erde bebt, an Flugzeugflügel geklammerte Flüchtlinge erfrieren und ukrainische Strassenhunde deportiert werden, darf man selbst ganz einfach keinen Spass am Leben haben. Da bleibt als einzige erlaubte Freude eben die lautstarke Entrüstung über Leute, die nicht dauernd über das Elend auf der Welt reflektieren und hin und wieder mal eine Naturkatastrophe mit einer flapsigen Bemerkung kommentieren. Es bleibt der Verdacht: Die öffentliche Entrüstung ist die Ersatzbefriedigung für politisch Korrekte.

Vorgeschlagene Mordmethode:
Das Satiremagazin Titanic zum Lesen geben. Das hält kein Entrüster aus.

Mordmotiv 60:
Werbetrikothobbyrennfahrer

Es ist schön, wenn Leute auf ihre Gesundheit achten und sich fit halten. Wenn das Sportgerät ihrer Wahl das Fahrrad ist, so ist dagegen ebenfalls nichts einzuwenden. Die Frage bleibt, warum selbst Hobbyradfahrer, die erkennbarerweise nach 20 Jahren Abstinenz erst gerade wieder mit dem Training beginnen, ein Trikot tragen müssen, das direkt dem Souvenirshop der Tour de France entsprungen scheint. Da pressen sich Leute mit Bierbauch doch tatsächlich in einen hautengen Dress, der zudem mit den Namen bekannter Sportsponsoren bedruckt ist. Glaubt jemand ernsthaft, die bedeutendsten Versicherungsketten, Grossbanken und Nahrungsmittelhersteller dieser Welt würden ihr Geld in jemanden anlegen, der sich mit hochrotem Kopf über 20 Höhenmeter quält? Wieso machen diese Leute an der frischen Luft kostenlose Werbung für Unternehmen, von denen sie nicht mal ein Testpaket kriegen? Würde es ein makellos weisses Renntrikot nicht auch tun? Und die Radlerhosen, die so eng sind, dass sie wirklich nichts offen lassen und die Fantasie überflüssig machen – müssen die auch bei den Mitgliedern des Kegelclubs sein, die ein Mal pro Jahr auf dem Vereinsausflug per Drahtesel unterwegs sind? Was ist aus der guten alten Jogginghose geworden, welche die Kegler doch zuhause praktisch pausenlos tragen? Klar, ein Renntrikot ist windschnittig. Aber geht es bei diesen Freizeitradlern wirklich um Sekundenbruchteile?

Vorgeschlagene Mordmethode:
Der Kegeltruppe glaubhaft versichern, auf der Alpe d'Huez, der Bergankunft der Tour de France, gebe es Freibier für alle, die mit möglichst engem Trikot und per Fahrrad oben ankommen. 21 Kehren, ein Höhenunterschied von 1090 Metern und eine durchschnittliche Steigung von fast 8 Prozent sollten den Job erledigen.

Mordmotiv 61:
Teilzeithumoristen

Schon mal aufgefallen? Die Leute, die an organisierten, vom Kalender diktierten heiteren Anlässen wie Fasnacht (Karneval) am meisten die Sau rauslassen und abfeiern, als wenn es kein Morgen gäbe, sind die, die unterm Jahr völlig humorbefreit durchs Leben gehen. Es gibt nichts Schlimmeres als verordnete Fröhlichkeit – und Leute, die sich dieser unterordnen. Das sind diejenigen, die einen strafend anschauen, wenn man bei einem Fest ganz gelassen an der Bar einen trinkt und sich nicht tanzend auf dem Tisch zum Affen macht. Gelegentlich muss man sich dann sogar anhören, man sei ein Spiessbürger und überhaupt nicht gut drauf.

Und das von Leuten, die ausserhalb der kalendarisch vorgegebenen Zeit nach einem exakten Tagesplan leben und nicht mal im Traum ausnahmsweise aus diesem ausbrechen würden. Spiessbürger, die nur maskiert laut und wild werden können: Eine Geissel der Menschheit.

Vorgeschlagene Mordmethode:
Nicht die Hände schmutzig machen mit diesem Pack. Kidnappen, in ein Flugzeug verfrachten und nach Rio schicken, wo ja bekanntlich das ganze Jahr über auf den Tischen getanzt wird (Mordmotiv 36).

Mordmotiv 62:
Good-Case-Enthusiasten

Ob auf Tasmanien eine Zwergkänguruh-Art auszusterben droht, ein Teenager in Norwegen zuhause ausgerissen ist oder die Gelder für die Krebsforschung in Urugay um 1,8 Prozent beschnitten wurden: In Zeiten von Facebook und Twitter kann man sofort sein ganzes Umfeld auf diese unheilvollen Entwicklungen aufmerksam machen. Das alleine reicht allerdings nicht, es folgt sofort der Aufruf, sich auch dem Kampf gegen die Gefahr oder der Suche nach dem Vermissten oder was weiss ich denn noch zu verschreiben – mit Haut und Haar. Die im Mordmotiv 47 beschriebene Spezies gehört da auch dazu. Zwar kann man aus der Distanz am Computer nicht beurteilen, ob die Känguruhs wirklich bedroht sind oder der bewusste norwegische Teenager vielleicht nicht sogar gute Gründe hatte, das Weite zu suchen und gar nicht gefunden werden will. Aber Hauptsache, man kann durch die Verbreitung von Bildern und flammenden Appellen beweisen, wie engagiert und gutherzig man ist. Umgekehrt ist jeder, der nicht mitzieht und den tragischen Fall handlungslos an sich vorbeiziehen lässt, natürlich ein kaltschnäuziger Bastard. Dass man heute bei Facebook und Co. mit einem einzigen Mausklick sein gutes Herz beweisen kann, ist sehr komfortabel – und begünstigt diese Ersatzhandlung für echte Taten sehr effektiv.

Vorgeschlagene Mordmethode:
Ein Fall, der sich von selbst erledigt. Jemand, der sich Gedanken um jede noch so weit entfernte kleine Tragödie macht, hält diese Welt nicht lange aus.

Mordmotiv 63:
Gebrauchtwagenhändler

Gebrauchtwagenhändler lügen. Kein Wunder, denn ihre Ansprechpartner in der Arbeitspause sind die Mechaniker, die ebenfalls dauernd lügen (Mordmotiv 6). Schwer zu sagen, wer schlimmer ist. Während die Mechaniker gemeinerweise Notlagen ausnützen, fallen Gebrauchtwagenhändler vor allem durch ihre Einfallslosigkeit auf. Sie legen nämlich immer dieselben Platten auf. Ein Wagen, für den man sich interessiert, steht immer kurz vor dem Verkauf an jemand anderen, deshalb muss man sich in Minutenschnelle entscheiden. Das gilt auch für Modelle, die zuvor seit Jahren auf dem Platz standen und keinen Abnehmer fanden. Weiter heisst es: Der genannte Preis ist bereits absolut optimiert bis hin zur Schmerzgrenze, jeder kleinste zusätzliche Rabatt würde zu einem absoluten Verlustgeschäft bis hin zum Konkurs für den Händler führen. Und selbstverständlich war jeder Gebrauchtwagen zuvor in den allerbesten Händen, war nie in einen Unfall verwickelt, wurde über Jahre perfekt gepflegt und von einem absoluten Profi überaus sorgfältig gefahren. Pilgert man durch die Wagenausstellung und bleibt vor einem Modell stehen, wird der Gebrauchtwagenhändler sogleich hinausgestürmt kommen und ungefragt mitteilen, dass es sich hier um ein ganz besonderes Stück handle, das punkto Preis-/ Leistungsverhältnis völlig neue Massstäbe setze. Erklärt man dann, man interessiere sich eher für den Wagen direkt daneben, so gilt all das Gesagte dann natürlich für jenes Modell. Mit anderen Worten: Glauben Sie kein Wort.

Vorgeschlagene Mordmethode:
Wagenheber.

Mordmotiv 64:
Rosenverkäufer

Mobile Rosenverkäufer in Restaurants beleidigen unsere Intelligenz. Sie gehen davon aus, dass wir noch so gerne eine Marge von etwa 700 Prozent auf eine einzelne Rose bezahlen, nur weil wir gerade in romantischer Stimmung sind. Wenn die Rosenverkäufer dazu noch einen auf blind, taub, stumm oder blindtaubstumm machen, um Mitleid zu heischen und dadurch eine erhöhte Kaufbereitschaft zu erreichen, dann signalisieren sie uns damit erst recht, dass sie ihre potenziellen Kunden für Deppen halten. Grundsätzlich ist diese Art von Kleinunternehmertum ja durchaus begrüssenswert im Vergleich mit den Fällen in Mordmotiv 42 beispielsweise. Aber weshalb denn nicht das Glück mal mit einem anderen Produkt versuchen? Rote Rosen sind das Klischee unter den Gewächsen. Und viele Restaurantbetreiber greifen schon zur Schrotflinte unter dem Tresen, wenn sie nur einen Schimmer von Rot in der Tür erblicken. Da könnte man sich wohltuend abheben von der mit einem schlechten Leumund belasteten Mitbewerberschaft, indem man eine andere Blume oder sogar etwas völlig anderes verkauft. Vielleicht aber steckt ja auch eine regelrechte Mafia dahinter (wie es auch bei Mordmotiv 56 der Fall sein dürfte), die im grossen Stil Rosen aus irgendwelchen

Zuchtbetrieben im hinteren Kongo importiert und dann die (vermutlich ebenfalls künstlich gezüchteten) dressierten Mutanten in Massen ausschwärmen lässt, um das Zeug abzusetzen. Ich habe jedenfalls noch nie gesehen, wie ein Rosenverkäufer tatsächlich eine Rose verkauft hat. Es muss sich also um einen komplexen Geldwäschprozess handeln, den nur die Hochfinanz durchschaut. Was nichts am Nervfaktor ändert.

Vorgeschlagene Mordmethode:
Rosen aufessen lassen. Restlos. Mit allem dran. Plus Verpackung.
Und inklusive den gehorteten, auf Eis gelegten Vorräten zuhause.

Mordmotiv 65:
Zeitungs-Astrologen

Kürzlich erreichte mich das Werbeschreiben einer «dipl. Astrologin». Diplomiert? Schon möglich. Jeder kann jederzeit zu allem und jedem ein Diplom kreieren. Das ändert nichts daran, dass Astrologie purer Humbug ist und insbesondere Horoskope in Zeitungen ausgemachter Schwachsinn sind. Das ist natürlich auch schnell feststellbar. Denn dass sämtliche in der Firmenkantine sitzende Personen mit Sternzeichen Fisch heute «ein besonders romantisches Erlebnis» haben werden, ist statistisch gesehen unwahrscheinlich. Deshalb hat die Astrologie-Gilde noch den Aszendenten als zusätzliches Kriterium eingeführt. Auf diese Weise können die deutlichsten Widersprüche wieder widerlegt werden. Aber da die Sternenguckerei keine exakte Wissenschaft ist, lässt sich ohnehin alles, was nicht wie beschrieben eintritt, irgendwie wegdiskutieren. Mir ist ein Fall bekannt, in dem eine Wochenzeitungsredaktion kein Geld mehr für den Einkauf eines professionell (?) erstellten Horoskops hatte und dieses kurzerhand selbst schrieb. Woche für Woche verliessen sich gutgläubige Leserinnen und Leser auf diesen Blick in die Sterne, der unter Zuhilfenahme einiger Biere in einer heiteren Runde am Freitag nach Feierabend in der Redaktion entstand.

Natürlich distanzieren sich «richtige» Astrologen vom Kurzfutter in Zeitungen und verweisen auf ihre ausführlichen Analysen, die sie individuell für jeden Kunden erstellen. Leider steht in diesen umfangreichen Papieren genau genommen gar nichts – beziehungsweise alles ist so formuliert, dass man sich in jedem Fall genau erkannt fühlen wird, ob man nun an einem bewussten Tag Olympiasieger wird oder unter den Bus kommt. Darin liegt die wahre Meisterschaft der Astrologen: Unter Zuhilfenahme einer Reihe von Himmelskörpern derart schwammig daherzufaseln, dass niemand ernsthaft sagen kann, das Vorausgesagte sei nicht eingetroffen. Das gilt übrigens auch für die typischen Volks-Horoskope, also die scheinbaren Naturgesetze im Zusammenhang mit dem Stand der Sterne. Nein, liebe Leute, es ereignen sich nicht mehr Autounfälle als sonst, nur weil Vollmond ist. In Wahrheit gibt es einfach bei jedem Autounfall, der sich bei Vollmond ereignet, irgendeinen Zeugen, der sofort darauf hinweist, dass Vollmond herrscht. Bei Unfällen in stockdunkler Nacht sagt nie einer, dass gerade kein Vollmond zu sehen ist. Hier wird auf subtil-subjektive Art ein Zusammenhang hergestellt, der keiner ist. Die ganze Disziplin namens Astrologie ist für den Müll. Wer sich für Sterne interessiert, soll sich der Astronomie verschreiben, die hat Hand und Fuss. Und wer doch beim Wahrsagen via Jupiter und Uranus bleiben will, soll das im stillen Kämmerchen tun. Dass sogar auf staatlichen Rundfunksendern, finanziert von Gebührengeldern der Öffentlichkeit, in die Sterne geschaut und völlig ernsthaft über den Einfluss von Neptun gesprochen wird, ist nur eines: Tragisch.

Vorgeschlagene Mordmethode:
Ach, irgendwann fällt denen bestimmt ein Meteorit auf den Kopf.

Mordmotiv 66:
Die Gesamtsituation

Reicht manchmal auch schon für Tötungsfantasien, nicht?

Vorgeschlagene Mordmethode:
Früher oder später erledigt sich alles von selbst.

Nachschlag

Und, liebe Leserinnen und Leser? Ein schlechtes Gewissen gekriegt, weil Sie in vielen der hier gesammelten Fälle gerne zum Samuraischwert greifen würden? Das muss nicht sein. Es gibt dokumentierte Mordmotive, die sehr viel absurder sind. Oder anders ausgedrückt: Die meisten der hier porträtierten Zeitgenossen hätten das baldige Ableben sehr viel mehr verdient als einige der Leute, die tatsächlich um die Ecke gebracht wurden – aus viel nichtigeren Gründen. Eine kleine Auswahl, zu Tage gefördert aus den Tiefen des Internets:

- Aus Ägypten und Indien ist je ein Fall überliefert, in dem ein Mann seine Frau umbrachte, weil sie ihm nicht sofort nach der entsprechenden Aufforderung eine Tasse Tee kochte.
- In Deutschland wurde ein Mann in einem Wettbewerb zum «Ehemann des Jahres» gekürt. Seine Frau fand ihn offenbar weniger toll, wollte ihn kurz danach verlassen – und er erschlug sie mit der Siegestrophäe.
- Legendär ist der Fall eines Italieners, der seine Frau aus dem Weg räumte, weil sie bei einer Volksmusiksendung den Ton zu stark aufgedreht hatte. Der Mann erschlug seine Gattin mit einem Bügeleisen und strangulierte sie sicherheitshalber mit seiner Krawatte. Dass er danach den Ton leiser stellte, war nur konsequent, sorgte aber nicht für mildernde Umstände.
- Im Land der grossen Waffenfreiheit, den USA, erschoss ein Mann zwei Angestellte einer Schnellrestaurantkette. Er musste dringend Wasser lassen, die beiden nahmen ihren Job aber sehr ernst und erlaubten dem Mann nicht, ausserhalb der Öffnungszeiten das Klo zu benutzen. Also liess dieser eben anderweitig Druck ab.
- Bereits legendär ist der Fall der Mutter, die für ihren Sohnemann keinen Kindergartenplatz ergattern konnte – in einem

Land, in dem daran Knappheit herrscht. Kurzerhand erwürgte sie den Spielkameraden ihres Sohnes, der einen Platz erhalten hatte. Die Mutter wanderte in den Knast. Nicht überliefert ist, ob ihr Sprössling den frei gewordenen Platz erben konnte.

Weitere Mordmotive aus der Geschichte waren beispielsweise: Ein verbrannter Toast am Familientisch, ein falscher Zug beim Schach, Streit ums TV-Programm. Mal ehrlich: So abwegig scheint es nicht mehr, einen Rolltreppen-Stehenbleiber oder einen Vorzimmerdrachen aus dem Weg zu räumen, nicht? Aber da wir den Worten natürlich keine Taten folgen lassen, bleibt uns nur ein Weg: Es gilt, eine innere Gelassenheit zu entwickeln, die uns hilft, unerträgliche Mitmenschen zu ertragen. Vielleicht klappt es ja mit Feng Shui?

Leidgeprüfte, die ihre Nöte loswerden und darüber sprechen wollen, werfen einen Blick auf diese Webseite:

www.mordmotiv.ch

Das ist sie: Die Anlaufstelle, die Probleme sammelt, statt sie zu lösen. Hier können Sie weitere Mordmotive melden, die dann in Band 2 dieser Sammlung erscheinen. Ich freue mich auf Ihren Besuch!

Dank

Die folgenden Personen haben mich bei der Arbeit an diesem Buch unterstützt, indem sie mir ihre ganz persönlichen Mordgelüste mitgeteilt haben. Danke, liebe Leute – und schont Eure Nerven!

Petra Appenzeller Inauen, Jürg Bachmann, Selina Backes, Marcel Baumgartner, Daniel Bischof, Martina Brassel Niklaus, Michael Breu, Chris Bucher, Walter Burk, Fabio Chindamo, Remo Daguati, Dani Egger, Thomas Faes, Hermann Flammer, Aspasia Frantzis, Jonas Frei, Marie-Hélène Froidevaux, Raffael Gava, Béatrice Gmünder-Flammer, Larissa Haltiner, Uwe Heilmann, Niklaus Hock, Niki Keller, Stefan Kern, Dani Kugler, Thomas Maurer, Tanja Millius, Nadine Merz, Reto Pfändler, Nadja Rohrer, Andreas Schildknecht, Andreas Schönenberger, Adrian Schumacher, Patrick Stämpfli, Paola Stoffel, Manuela Walker, Adrian Zeller, Stephan Ziegler.